令嬢弁護士桜子

チェ

目次

第一章　暗闇の終曲

1

　七月最後の土曜日、一色桜子（いっしきさくらこ）は砧（きぬた）公園の遊歩道をうきうきする気持ちで歩いていた。

　照りつける真夏の太陽は強烈だが、湿度が低いせいか木陰に入ると意外にしのぎやすかった。

　ビル街のアスファルトの路上ではこうはいかない。

　砧公園はずいぶん久し振りに訪ねたが、こんなにさわやかな場所だったのかと再認識した。古くはゴルフ場だったと聞くが、ひろがる芝生と立派な樹木が牧場のような独特の景観を作っている。

　石畳の遊歩道をしばらく歩くと、世田谷（せたがや）芸術館の白いカタツムリにも似たユニークな建物が現れた。

室内楽やジャズコンボなどの演奏に向いた小さな多目的ホールで、キャパも六百名くらいのはずだった。桜子はもちろん初めて訪れた。

恩師であるヴァイオリニストの浦上紗也香（うらがみさやか）が、自分の出演する室内楽のコンサートに招待してくれたのだった。

全席指定とあって、開演一時間前のロビーの人影はまばらだった。

左手から案内板を頼りに楽屋を目指す。アイボリーの鉄扉で遮られた楽屋の入口には五十歳くらいの警備員が制服姿で立っていた。

「ここから先は立入禁止ですよ」

警備員は桜子をまぶしそうな顔で見て、いくぶん申し訳なさそうに告げた。

コンサートの楽屋に警備員を配置するとはずいぶん大げさだと感じながら、桜子は用件を告げた。

「あの、浦上紗也香先生に差し入れをお持ちしたのですが」

一般客は楽屋へは立入禁止だと思って、桜子は事前に紗也香に許可を取っていた。

「お名前は？」

「一色桜子と申します」

「あ……どうぞ」

警備員は手にしていた用箋ばさみのメモを覗き込むと、重そうな鉄扉を開けてくれた。

楽屋は廊下の右手に五つ並んでいた。

掲示の紙に名前が貼り出されている部屋は四つだった。

扉の間隔から手前の二部屋は大部屋のようだった。一部屋目には女性の名前が貼り出され、次の部屋には複数の演奏者の名前が掲示されていた。

三番目の部屋に紗也香の名前を見つけて、桜子は扉をノックした。

「先生、桜子です」

「どうぞ。入って来て」

返事に応じて桜子は部屋へと入った。十畳くらいのコンクリート打ちっぱなしの楽屋はエアコンが適度に効いてちょうどよい温度に保たれていた。

「桜子ちゃん。いらっしゃい」

ドレッサーから立ち上がった紗也香はにこやかな笑みで桜子を迎えた。

ベアトップタイプの黒いドレスから白いデコルテがまぶしく輝く。

四十を少し超えた紗也香だが、実際の年齢よりも五歳くらいは若く見える。

ミドルロングで濃いめのブラウンに染めた髪が品のよい知的な顔立ちによく似合っていた。

「どうぞ掛けて」

紗也香のすすめに従って、桜子は来客用のミニソファに座った。

桜子は五歳からヴァイオリンを習っていた。なぜ習い始めたかはよく覚えていない。ただ、母から「ヴァイオリンとピアノ、どっちが好き?」と訊かれてヴァイオリンを選んだことは記憶に残っている。

ヴァイオリンのほうがなんとなくかっこいいような気がした。それだけだった。

「この子は音楽の才能があると思ったのよ」

居間のタンノイから流れるクラシックに聴き入っていたようすが幼児にしては熱心すぎたからだと、後に母は語っていた。

初めて出演した発表会で『ユーモレスク』を弾いたときにはこころが躍った。

五歳で1/16サイズから始めて、1/8、1/4、1/2、3/4と成長するに従ってヴァイオリンを大きくしてゆかなければならなかった。新しい楽器を次々に買ってもらえて桜子は楽しくてならなかった。

小学校時代には本気でヴァイオリニストを目指していたこともある。しかし、成長するにつれて自分にプロになる才能がないことはわかってきた。

レッスンが進むに従い、どうしても手の動きが満足にできないことに気づいたのである。

自分の能力不足には落胆したが、ほかに興味のあることが増えてきた桜子はヴァイオリンを学ぶことにこだわらなくなっていった。

中学生になったときに、それまで習っていた先生が高齢のために引退し、紗也香を後釜に紹介してくれた。

当時の紗也香はいまの桜子くらいの年齢だった。超一流の日本芸術大学の大学院研究科に在籍する一方で、ソリストとしての音楽活動も始めていた。

やさしくてきれいで教え方がじょうずだった紗也香を桜子はいっぺんで大好きになった。おしゃれな紗也香のファッションを真似て母に笑われたこともあった。

紗也香はユーモアのセンスにも富んでいて、いつもかわいいジョークで桜子を魅了した。週に一回、紗也香と過ごす時間は桜子にとってなにより楽しいものだった。

紗也香はおおらかで明るい女性だった。

だが一面で、音楽に対しては厳しいところも少なくなかった。

桜子が練習をサボると、紗也香はすぐに見抜いた。

「ほら、今日の桜子ちゃんの音色はおどおどしてる。ビクビクして縮こまってる」

そんな風に指摘されるのは必ず練習を怠けたときだった。

「そんな桜子ちゃんの音色、先生は好きじゃないな」

「ごめんなさい……中間試験だったの」

桜子が悄気(しょげ)ると、紗也香はやさしい笑みを浮かべてこんなことを言った。

「いいの。練習ができないこともあるでしょう。でもね、今日の桜子ちゃんは練習してないことをわたしに隠そうとしていたでしょ。そういう心では美しい音色は生まれないのよ。わたしはのびのびした音色が好きなの。心に蔭(かげ)があると絶対にそういった音色は生み出せない。その曲を愛していて精いっぱい練習しないと人の心に伝わる音楽は生み出せない。嘘(うそ)はダメ。演奏を必ず濁らせる。かたちだけいくら整っていてもそれは本当の音楽ではない。わたしはね、演奏する人も聴く人も心から幸せになれるような音楽を愛したいの」

紗也香は心から尊敬できる先生だった。

その頃の桜子にとって、紗也香は心理学でいうモデリングの対象だったと言ってよい。

国内外のコンクールで次々に入賞を果たした紗也香の演奏活動はどんどん忙しくなった。

その頃の紗也香は羽田空港に近いという理由で、品川区八潮(やしお)のマンションに住んでいた。週に一度、田園調布に来て桜子を指導することが難しくなった。

レッスンを引き継ぐ先生を探すよう紗也香は強く奨(すす)めたが、ヴァイオリンは趣味にしようと思い始めていた桜子は断った。

その頃の桜子は、紗也香以外の人からヴァイオリンを習う気はなくなっていた。

こうして紗也香の生徒だった六年間は終わりを告げた。

紗也香はソリストとして活動を続けてますます名声を高めた。一昨年の春には国分寺音楽大学に准教授として招聘(しょうへい)され、現在は後進の指導にも当たっている。

「先生、ご無沙汰しております」

「久しぶり。元気そうね」

「五年もお目に掛からずにいて、本当にごめんなさい」

桜子は小さくなって頭を下げた。

「いいえ、来てくれてありがとう」

「ご招待頂き本当に嬉しいです」

ここ数年は年賀状を交換する程度のつきあいとなっていた。先々月、たまたまテレビで紗也香の演奏を目にした桜子はなつかしくなってメールを送った。紗也香はとても喜んでくれ、今日のコンサートに招待してくれたのだった。

「これ陣中見舞いです」

桜子は保冷剤で冷やした紙箱を、ちょっとおどけて女王陛下に捧げるように差し出した。

「あら、ガトーショコラ！」

両頬に掌(てのひら)を当てて紗也香は嬉しそうな声を上げた。

「ええ、お好きだったでしょう」

田園調布駅前の洋菓子店《モン・ペリエ》のガトーショコラは、紗也香のお気に入りでレッスンの前に必ず用意していた。

「嬉しい。覚えていてくれて」

はにかむように笑いながら紗也香は包みを受け取って、これまたおどけてうやうやしくテーブルに置いた。

「うふふふ……紗也香先生にあんなに熱心にご指導頂いたのにヴァイオリニストにはなれませんでした」

「音楽家になったって大変なだけよ。それより、お仕事、お忙しいでしょう」

紗也香はねぎらうように言った。

「最近はようやく少しだけ仕事に慣れてきました」

今日はプライベートだし、ワンピース姿だったので、弁護士徽章はつけてきていなかった。

「まさか桜子ちゃんが弁護士先生になるなんて。あんなにおっとりしてた子だったのにね」

紗也香はむかしをなつかしむ目つきで言った。

なんとなく気恥ずかしくなって桜子は話題を変えた。

「先生、今日はめがねを掛けていらっしゃるんですね」

紗也香は黒い細めのラウンドフレームのセル縁めがねを掛けていた。

「わたしド近眼でしょ」

「そういえば、レッスンのときも時々めがねを掛けていらっしゃいましたね」

「花粉がひどいときや目の調子がいまいちなときはコンタクトがつらいから。でもね、ステージでは必ずコンタクトにしてるの」

「めがねも素敵なのに」

お世辞ではなかった。紗也香の細面にめがねはよく似合って知的な雰囲気を醸し出していた。

「視界が狭くなっちゃうから、ステージではめがねは使いにくいのよ」

「じゃ、今日もこれからコンタクトに」

「ええそうよ。ベースメイクが終わったら入れるつもり」

テーブル上の使い捨てコンタクトを紗也香は指さした。

コンタクトの横に赤いバラをふんだんに使ったアレンジフラワーが置いてあった。

「素敵なお花！」

「そうね……きれいね」

紗也香が気のない答えを返してきたので、桜子は話題を変えた。

「すごく楽しみにしてきました。今日はモーツァルトですね」

「このホールの雰囲気に似合うかなと思って、今日は弦楽四重奏曲の十四番を選んだの」

「大好きな曲です」

「あら、よかった。もう一曲はドヴォルザークの『アメリカ』よ」

「ああ、いいですねぇ」

これまた桜子の好きな曲だった。亡き父はスメタナなどの荘厳な室内楽を好んだが、桜子はのびやかな明るい曲が好きだった。

「響きのいいホールだし、今日の出演者は全員、よく出ているステージだから、のびのび演奏できるんじゃないかな」

「会場への慣れって大事なんですか」

「そうね。知らないホールだと、音の響き具合がわからないから緊張するわね」

「やっぱりプロの世界は厳しいですね」

紗也香は小さく笑った。

「わたしたちのカルテットは第二部よ。第一部は蒲生和秀(がもうかずひで)先生が、ブラームスの一番とベートーヴェンの九番を演奏なさいます」

「あ、ブラームスの一番というと『雨の歌』ですね」

この曲も桜子は好きだった。

「そう……大先輩の後だけに緊張してるの」

紗也香は口もとをわずかに引きつらせた。

五十代半ばの蒲生和秀は、世界的なオーケストラとの共演も多い大ベテランのソリストだが、紗也香の母校である日本芸術大学の教授も務めていた。日本を代表するヴァイオリニストの一人である。ただ、紗也香は直接の教えを受けていないはずだった。

「紗也香先生の明るい音色が大好きです。きっと素晴らしいステージになりますよ」

「ありがとう。ゆっくり楽しんでね」

「はい、楽しみにしています」

楽屋へ入るときに桜子は不思議に思っていたことを訊いてみた。

「楽屋の入口に警備員さんが立っていましたけど、いつもそんな感じなんですか」

紗也香はちょっと顔をしかめた。

「蒲生先生が主催者側に要請したのよ」

主催者は世田谷区だったはずだ。

「あ、もしかしてヴァイオリンに警備を……」

「そう。蒲生先生はとんでもなく高価なヴァイオリンをコンサートでもお使いになるから、盗難が気になるのもあたりまえね」

「すごい。ストラディバリウスかなんかですか」

紗也香は静かに首を横に振った。

「さすがに数億円もするヴァイオリンは、ステージでは使っていないと思うけど……」

紗也香はあいまいな口調で答えた。

「たしか現存するストラディバリウスは六百挺くらいですよね」

「そう。日本にも数十挺はあると思う。ストラディバリウスを持っている日本人ヴァイオリニストは十数人はいるんじゃないかしら。安くても一億円くらい。高いものは十数億円もするのよ」

「そんなに高価なんですか」

桜子も驚かざるを得なかった。

「アマティやガルネリ・デル・ジェスといったオールド・ヴァイオリンの銘器はほかにもあるけど、いずれにしてもあまりステージでは使われないでしょう。文化遺産として博物館が買ったり、投機目的で投資家が購入したりするのでしょうね」

「プロってどれくらいのクラスのヴァイオリンを使うんですか」

失礼とは思いつつ、桜子は好奇心が抑えられなかった。

紗也香は笑いながら唇を開いた。

「まぁ、ふつうは一千万から三千万円くらいかな。わたしたちは十八世紀後半から一九五〇年代くらいに作られたモダン・イタリアン・ヴァイオリンを使うことが多いわね」

「やっぱりそれくらいの楽器でないといい音が出ないのでしょうね」

紗也香はいきなり厳しい顔つきに変わった。

「たしかにそうなんだけど、腕が追いつかないのに高価なヴァイオリンをほしがる演奏家もいてね」

紗也香の口調は常になく激しかった。

「若い人なんですか」

桜子は驚きを隠せずに訊いた。

「そう……。困ったことね」

紗也香は少し落ち着いた口調に戻って言った。

「楽器のよさを活かすためには演奏者の資質が問われるんですね」

「そのとおりよ。楽器の音を引き出すためには、きちんとした技術とすぐれた耳と、なによりも楽器への愛が必要だと思うの」

紗也香は視線を宙に向けてしんみりした調子で言った。

「おっしゃるとおりですね」

「ごめんね。つい興奮して……演奏し終わったらクタクタになっちゃうから今日はダメだけど、近いうちにお食事でもしましょう」

「いいですね！」

「実はね。相談したいことがあるの」

紗也香はちょっと声をひそめて表情を曇らせた。

「わたくしの仕事の関係ですか？」

「ええ……まぁ……そうかな」

紗也香は目をかるく伏せて言葉を濁した。

「メールでもお電話でもけっこうですので、ご都合のいい日をご連絡ください」

桜子は気負い込んで言った。

「じゃ、明日にでもメールします。詳しいことは次に会ったときに話すわね」

「ええ、紗也香先生の相談に乗れるなんて嬉しいです」

桜子は小躍りしながら答えた。

「あ、そうだ。このＣＤ……」

紗也香はプラケースに入った一枚のＣＤを差し出した。

既製品ではなく、ＣＤ‐Ｒを使ったお手製のものだった。

「ありがとうございます。先生の演奏ですね」

桜子は両手でＣＤを受け取った。

「そう、いちばん最近の演奏なの……パガニーニの『カプリース』の二十四番を自分で録音したものだけど、今度会うときまでに桜子ちゃんに聴いといてもらいたくて……」

紗也香は目を伏せて言葉を濁した。

「わかりました」

明るい顔に戻った紗也香はやさしい声で言った。

「じゃ、今日はゆっくり楽しんでいってね」

「ありがとうございます。すごく楽しみです」

紗也香の見送りを受けて桜子は廊下へと出た。

ロビーに出た桜子をあたたかい気持ちが包んでいた。

ただ、紗也香が相談したいことがあるというのが気がかりだった。彼女はずっと独身だし、事務所の依頼として少なくない離婚関係でないことはたしかだ。どんな内容にせよ、桜子はできる限りの力を尽くそうと考えていた。

＊

会場はほとんど満席に近い状態だった。

紗也香は先頭から六列目中央付近のとてもよい席を用意してくれていた。

一つ前の列は関係者席のようで、いちばん聴きやすく見やすい場所なのに空席が続いていた。

小さいホールだが、音響反射板がよいので室内楽の演奏にはもってこいなのだと音楽雑誌で読んだ記憶がある。

木目が美しい音響反射板は立体的な設計で、大きく前方にふくらんできれいなカーブを描いていた。

六時ちょうどに、モーニング姿の男性と白いドレス姿の女性が、舞台下手(しもて)からステージの中央に現れた。会場は大きな拍手に包まれた。

第一部の出演者である蒲生和秀教授は、高い鼻と鋭い目つきが際立つ気難しげな容貌の六十前後の男性だった。

半白のルーズな長めのヘアスタイルと痩(や)せぎすの長身がモーニングにぴったり合っていた。

手にしているヴァイオリンは、遠くからでも貫禄を感じさせるオールド・モデルと見えた。

ピアノの仁木祐子は五十代半ばくらいの明るい表情をしたぽっちゃりとした女性だった。

拍手がすーっと消えた。

オーディエンスの期待感が空気を通して伝わってくる。

蒲生教授がピアノから二メートルほど離れた位置で弓を構えた。

静寂を破りやわらかいピアノ伴奏に乗って、かろやかでリリカルな第一主題が響き始めた。

目の前で繰り出される弦の音は、卓越した技巧で曲想が鮮やかに表現され、ニュアンスに研ぎ澄まされたセンスが光る。

一方で繊細さの蔭に、どこかにピリピリとした神経質なものを感じさせた。

だが、自分の音楽の好みには明らかに偏りがあると桜子は自覚していた。

蒲生の生み出す音は、単に桜子の好みでないだけなのだ。

ブラームスのヴァイオリンソナタ第一番ト長調は、オーストリア南部のヴェルター湖畔の避暑地ペルチャッハで書かれた曲である。第一楽章や第三楽章のどこかのびやかな曲調は、この土地の景色から生み出された世界観のもとにひろがっているような気がしていた。

この曲が『雨の歌』と俗称されるのは、第三楽章にブラームス自身の歌曲『雨の歌』の主題を用いているためである。

続けて二人はベートーヴェンのヴァイオリンソナタ九番を演奏した。

ドラマティックで重々しいこの曲のほうが、蒲生教授が生み出す音色には似合っている気がした。

終曲の余韻が静かに消えてゆくと、会場は沸き返るような拍手の渦に包まれた。

蒲生教授は満面の笑みで一礼し、ピアニストの祐子に歩み寄ると、その手を取ってもう一度一礼した。

二人が下手に消えると、十五分の休憩時間を告げる場内アナウンスが流れ、人々は三々五々ホールを出て行った。

桜子もロビーの売店に行ってスパークリングワインで喉をうるおした。

ホール内に戻ると、ステージには弦楽四重奏用のピアノ椅子が運び込まれていた。

一列前の席には、演奏を終えた蒲生教授と祐子が座っていた。ほかの二人の中年男性は音楽雑誌記者か音楽評論家でもあるのか。

第二部の開幕を告げるアナウンスが響き、ふたたび会場は静けさを取り戻した。

下手から弦楽四重奏を演奏する第二部の出演者が次々に姿を現した。パンフレットを見ると、紗也香のほかのメンバーは、第二ヴァイオリンの小早川弘之（こばやかわひろゆき）、ヴィオラの遊佐茉里奈（ゆさまりな）、チェロの逸見繁則（へんみしげのり）とある。

長身で筋肉質の小早川は二十代終わりくらい、中背でふっくらとした逸見は三十代に入った年頃のようだ。小柄で痩せぎすの茉里奈は桜子よりはいくつか上だと思われる。あごが小さく顔立ちの整った女性だった。

会場の拍手があたたかく四人の弦楽奏者を迎えた。

四人はそれぞれ椅子に腰掛けた。男女とも黒に統一したステージ衣装で、男性はタキシード姿、茉里奈は紗也香と同じようなベアトップのふんわりしたドレスを身につけていた。

いよいよ桜子の大好きなモーツァルトの弦楽四重奏曲十四番が始まる。

胸が躍ってならなかった。

紗也香のヴァイオリンを聴くのはしばらくぶりだ。

最初の一音が響くまでの空気の張り詰め方が、第一部と違っていくぶん穏やかに感じられることを桜子は不思議に思った。

親しみやすく明るい第一主題を四人の弦が奏で始めた。

華やかな紗也香の第一ヴァイオリンに寄り添うような小早川の第二ヴァイオリン、頼もしいオブリガートを響かせる逸見のチェロと、三人の音色をゆったりと包む茉里奈のヴィオラ。

四人の息はぴったり合って明るくも雅(みやび)やかなハーモニーを生み出している。

桜子のこころは四人が生み出す音の世界にすっかり溶け込んでいった。

第二楽章、第三楽章と変化に富んだ楽曲は聞かせ所も多く、桜子は大満足だった。

六分くらい続く第四楽章はそろそろ終盤にさしかかろうとしていた。

四人は熱い思いをそれぞれの弦に乗せて、オーディエンスに音楽の豊かさを伝えてくれる。

そのときである。

目の前が真っ暗になった。

一瞬、桜子はなにが起きたのかわからなかった。

「きゃあ」

「な、なんだ」

「うわわわっ」

意味不明の悲鳴が響き、観客たちは騒然となった。

だが、すぐに会場は静まりかえった。

一挺のヴァイオリンの音色が暗闇となったステージから静かに響き続けている。

(紗也香先生だ)

桜子にはわかった。紛れもなく第一ヴァイオリンの旋律だった。紗也香が生み出すふんわりと明るくやわらかい音色であることからも間違いようがなかった。

暗譜しているのは不思議ではないにしても、紗也香は指板も見えぬ暗闇のなかでヴァイオリンを弾き続けている。

深夜の僧堂のような静寂がホールを包んでいた。

ステージは闇に包まれている。

客席誘導灯と非常口を示すほのかな灯（あか）りだけが扉付近に点（とも）っているなか、紗也香の澄んだ音色が響き続ける。

聴衆は文字通り固唾（かたず）を呑（の）んで、紗也香の演奏に聴き入った。

やがて静かに畳みかけるように終曲の和音が響いた。

割れるような拍手のなか、ステージが目の前に浮かび上がった。

照明が復旧したのだ。

紗也香は静かにほほえみを浮かべて、軽くあごを引いた。

ふたたび拍手が会場に潮騒（しおさい）のように渦巻いた。

ほかの三人は弓を持ったまま、放心したように座っている。

紗也香が彼らに目配せをした。

三人は思い思いにうなずいて弓を構えた。

二曲目の『アメリカ』第一楽章が始まった。

のびのびとした親しみ深い旋律が、ステージを牧歌的な世界に変えてゆく。

第一主題の主役は茉里奈のヴィオラだった。

茉里奈のヴィオラはつややかに弦の音を響かせて朗々と大地の旋律を歌う。

やがて紗也香が主役のイ長調の第二主題が始まった。

ドヴォルザークが愛した十九世紀末の合衆国のアイオワの田園風景がホールいっぱいにひろがっている。

黒人霊歌風の主題から始まる第二楽章、スケルツォの第三楽章と四人の弦は次々に魅力的な音の世界を表現し続けた。

明るく快活なロンドを奏でる紗也香の第一ヴァイオリンで第四楽章は風のように始まった。

後半に進むと、コラール風の幻想的でもの淋しい第二主題が提示される。

さらに曲は明るい調子に戻り、第一ヴァイオリンが軽快な終章の旋律を歌い上げる。

いきなり、紗也香の音色が止まった。

弓とヴァイオリンが床に転がる音が響いた。

少しだけ続いていたほかの楽器の音色が不揃いに止まった。

残りの三人も次々に弓を弦から離したのである。

紗也香はずるりと椅子から滑り落ち、床板の上に横向きに倒れた。

「紗也香先生！」

桜子は立ち上がって叫び声を上げた。

「大変っ」

「なに、なんなの」

「どうしたっていうの」

まわりではたくさんの人々が立ち上がって叫び声を上げている。

前の列の蒲生和秀と仁木祐子も茫然と立ち尽くしている。

紗也香はステージ上で横向きに倒れたままの姿勢で苦しげにうめいて身体を痙攣させている。

時おり胸を押さえるような仕草を見せた。

桜子は自分の胸がしめつけられるような錯覚を感じた。

楽器を椅子に置いて立ち上がったほかの三人は驚きのあまりか固まってしまっている。

我に返ったように小早川が、紗也香を抱え起こした。

ほかの二人もひざまずくような格好で紗也香に寄り添った。

オフィシャルらしいワイシャツ姿の男たちが袖からあわてて駆け寄ってゆく。

桜子の鼓動はこれ以上ないくらいに高まっていた。

心臓が破裂しそうだった。

激しいめまいが襲ってきた。

背中に冷たい汗が幾筋も流れ落ちた。

耐えきれなくなった桜子はいったん椅子に座った。

クラシックのコンサートではまず使われることのない緞帳が下り始めた。

すべては緞帳の向こうに覆い隠されてしまった。

——出演者の急病により本日のコンサートはこれをもちまして終演とさせて頂きます。お客さまにはご迷惑をお掛けして申し訳ございません。

取り繕うような場内アナウンスが聞こえたが、会場の騒ぎは収まりはしなかった。

「どうしたんだろう」

「あれ心臓だよ。きっと」

「おじいちゃんのときと似てる」

「大丈夫かな」

誰もが紗也香を心配していることが空気を通して伝わってきた。

「速やかにご退出ください」

「あわてずゆっくり前の方に続いて出口へお進みください」

オフィシャルの誘導で人々は出口へ向かう列を作り始めた。
椅子から立ち上がった桜子も、小走りに列の最後尾に向かった。
屋外に出た桜子は、胸のつぶれそうな思いを抑えながら建物の裏手に全速力で走った。
遠くから救急車のサイレンが響いてくる。
人垣を作る野次馬にまじって、桜子は遠巻きに紗也香が運ばれてくる瞬間を待った。
ストレッチャーに乗せられた紗也香の顔は、完全に土気色で唇は紫色に変わっている。
紗也香を重大な疾患が襲っていることは間違いなかった。
ついさっきまであんなに元気だったことが嘘のようだ。
救急車はもどかしくなるほど動いてくれなかった。
「玉川総合病院！」
桜子はあわてて土岐成治に電話を入れた。
土岐は運転手兼営繕係として一色邸に四半世紀も仕えている男である。
「大変なことが起こったの。すぐに芸術館の裏手まで迎えに来てちょうだい」
「二分ほどお待ちくださいませ」
土岐の落ち着いた声が耳元で響いた。
すぐにワインレッドの長大なボディが裏手の道に現れた。

土岐が後部ドアを開けるのももどかしく、桜子は座席にすべり込んだ。

「玉川総合病院へ急いで」

「かしこまりました」

土岐のスムースな運転でベントレー・アルナージRLは静かに動き始めた。

多摩川の河川敷に近い玉川総合病院に辿(たど)り着くと、救急車がER受付の外に回転灯を光らせて停まっていた。

正面玄関から建物に入ると、土曜日で外来受付や薬局は閉まっており、ロビーは閑散としていた。

だが、弦楽四重奏で共演した三人をはじめ関係者らしい人々が不安そうな顔で居並んでいた。

やがて、薄いブルーのナース服を着た看護師が現れて声を張り上げた。

「浦上紗也香さんの関係者の方ぁ」

ロビーにいたほとんどの人間が看護師を注視した。

「今日はこれからもずっと面会できません。どうぞ速やかにお引き取りください」

看護師は両手をひろげて大きく横に振った。

すぐに出て行けという意味だと察した人々は三々五々、病院の外へ出て行った。

桜子も後ろ髪を引かれる思いでロビーを後にした。

屋敷に戻った桜子は、シャワーを浴びると夕食もとらずに寝室へと直行した。

玉川総合病院に電話を掛けて紗也香の容態を尋ねてみようとも思ったが、大きな病院が個人のプライバシーを明らかにするはずがない。

全身がジリジリするような焦燥感から逃れたかったが、桜子にはよい手段が思いつかなかった。使用人の誰かにワインでも持ってこさせようかとも思ったが、いまはアルコールを取りたい気分ではなかった。

桜子は寝室のソファで放心したように時間を過ごした。

ベッドに入って目をつむっても紗也香の倒れた光景が何度も蘇(よみがえ)ってきて、神経を脅かした。

どんな手を尽くしてもほとんど眠れぬ夜を桜子は過ごすほかなかった。

翌日曜日の朝刊社会面を見た桜子の心臓は止まりそうになった。

――ヴァイオリニストの浦上紗也香さん、コンサート中に倒れ急逝

手にしたカップのコーヒーが床に飛び散った。

震えながら記事を目で追いかけると、浦上紗也香が昨夜遅くに心不全のために亡くなった

ことがわかった。

桜子は目の前が真っ暗になった。

身体が床に吸い込まれてゆくような気分だった。

(大好きだった紗也香先生とはもう二度と会うことはできない)

この日は終日、桜子は虚脱しきって深い悲しみのなかで過ごした。

なにもする気力はなく、ただただ茫然とベッドで寝転んでいることしかできなかった。

2

斜光線が多摩川駅の駅前通りから玉川パートナーズ法律事務所の執務室に差し込んでいる。

火曜日の午後四時半を廻っていた。あれから三日が経とうとしている。

紗也香の急死のショックから、桜子はとても立ち直れていなかった。

だが、昨日からは通常通りに事務所へ出ていた。

どんなに悲しいできごとがあっても仕事は待ってくれるわけではない。

「僕はもう帰りますよ。この後、銀座で光沢商事の社長と会食の約束がありますのでね」

執務机から吉良一真弁護士が立ち上がって、桜子たちに声を掛けた。

長身に仕立てのよい明るいグレーのサマースーツがよく似合っている。吉良はおしゃれ自慢でショートの髪型にもこだわりがあった。週に一度は美容院に通っているとの噂もあった。

「お疲れさまです」

桜子とパラリーガルの畠山政志、スタッフの武田彩音の三人が声を揃えた。

四十一歳になる吉良は、この玉川パートナーズ法律事務所を中心となって支えている。

光沢商事はアパレル関係の専門商社で、顧問先の中小企業の一つだった。

「たまには一色先生もお連れしたいんですけどねぇ。小さい顧問先はそろそろあなたに交代してもらいたいんですよ」

会食に同席するように、昨日の帰り際に吉良からは促されていたが、今日は桜子の当番弁護士担当日に当たっていた。

当番弁護士制度は、身体を拘束された被疑者本人やその親族等が出動を要請した場合に弁護士会が弁護士を派遣する制度である。刑事事件で逮捕された人の四十パーセント以上が利用していると言われている。

「すみません。申しましたように今日は当番担当日なので」

桜子は椅子から立ち上がってかるく頭を下げた。

東京弁護士会、第一東京弁護士会、第二東京弁護士会、いわゆる東京三弁護士会の場合、午前十時から午後五時半までが待機時間とされていて事務所を離れることができない。もし、この時間内に、配点と呼ばれる接見の指定が来た場合には、出動して被疑者と接見する。このとき被疑者から委任の希望があれば受任することが原則となっている。

「あなたは本当に当番が好きだね」

吉良は皮肉な調子で言って桜子を見た。

「たった一人で取調を受ける孤独な被疑者と接見して、警察官等による人権侵害の危険を回避する仕事にはやりがいを感じますので」

桜子は弁護士登録をしてからすぐに、被疑者国選の名簿と当番弁護士名簿に登録している。この名簿に名前のある弁護士には当番日が割り当てられる。

「お志はわかりますよ。だけど、この事務所全体の仕事量も考えてほしいんですよね」

ツーポイントめがねの奥で吉良の細い目が光った。

「考えてはおりますが」

桜子は肩をすぼめて小さくなった。

「仕事量が多すぎて、僕は日々東奔西走しているんですよ」

はっきりと吉良は顔をしかめた。

「わたくしが未熟なために、吉良先生にはご負担をお掛けして申し訳ないと思っております」

たしかに大きな事案は、ほとんど吉良がこなしていると言ってよい。

「まぁ、あなたも二年を超える経験者となったわけだから、どんな仕事もこなして頂かないと」

「責任を持って果たせる仕事の範囲がまだまだ少ないことは自覚しております」

「大きな事案ももっとたくさん受けて頂きたいねぇ。顧問先ももう少し増やせないかね」

ねっとりとした調子で吉良は続けた。

「勉強を重ねて参ります」

反論できる言葉はなかった。

「この事務所はね、これからは僕とあなたで支えてかなきゃいけないわけですよ。所長はすっかりご隠居気分ですしね」

高齢の足利義雄（あしかがよしお）所長は、最近は午後も早いうちに退所することが少なくない。

「足利所長のご指導のおかげでここまでやってこられましたので……」

所長は言わば恩師である。その行動にとやかく言える桜子ではなかった。

「所長のお得意さんだった会社をこちらから切るわけにもいかないですが、僕としては重要な案件にもっと力を入れたいと思っているんですよね。ま、今度、仕事の割り振りについて三者協議といきたいですね」

「わかりました。よろしくお願いします」

桜子が頭を下げると、吉良はかるくあごを引いた。

「では、僕は失礼しますよ」

気取った調子で手を振って、吉良は事務所を出て行った。

「相変わらず桜子さんには厳しいですね、吉良先生」

彩音は同情半分、からかい半分といった調子だった。

「わたくしがいろいろと未熟だから」

「桜子さん、そんなこと気にしないほうがいいですよ」

政志はまじめな声で言った。

「そうそう、あれだけ稼いでいるのだから」

鼻にしわを寄せる彩音に、政志は大きくうなずいて賛意を示した。

「そうですよ。吉良先生は野心家だし、なかなか商売上手ですよ」

吉良がどれほどの収入を得ているのかなど、桜子はもちろん知らないし興味もなかった。

「でも、手いっぱいっておっしゃってるのは本当でしょ？」

桜子の問いに政志はあきれ顔で答えた。

「手間が掛かって実入りの少ない顧問先を、ぜんぶ桜子さんに押しつけようとしてるだけですよ」

「そうなの？」

政志は喉の奥で笑った。

「桜子さんはなんていうか……まぁ、要するにウブですからね」

「弁護士としては嬉しくない言葉ね」

「なに言ってるんですか、それが桜子さんのいいところじゃないですか」

かたわらから彩音が励ましたが、桜子には喜べる言葉ではなかった。

「武田くんの言うとおりですよ。ところで、コーヒー飲みたくありませんか」

「畠山さんが淹(い)れてくれるのね」

有無を言わさぬ彩音の口調だった。

「僕は武田くんの淹れてくれたコーヒーが好きなんだけどなぁ」

「今朝はわたしが淹れたじゃない」

彩音はぎろりと政志を睨(にら)んだ。

「給湯室に行ってきます」

政志はくるりと踵(きびす)を返すと、小走りに事務所の奥の通路へと消えた。

桜子と彩音は顔を見合わせて笑った。

「うちの事務所って、小さい割にはいつもなんだか忙しいですよね」

彩音は肩をすくめた。

「そうねぇ。所長の信頼が篤いから古い顧問先やクライアントがずっと続いてますからね」

「畠山さんは総務経理の事務処理はノータッチに近いし、本当はもう一人スタッフがほしいところなんですよ」

「彩音さんにも迷惑掛けてしまってるかしら」

ちょっと不安になって桜子が訊くと、彩音は首を横に振って答えた。

「桜子さんのせいじゃありません。今年に入って事務所全体の仕事量が増えてきてますが、吉良先生が受けた複雑な事案が増えてるんです」

「そういえば、この前もモロオカ・ロジスティックの土地収用の事案が入って来たわね」

流通会社の倉庫が都道拡幅工事で土地収用法の対象になった件だった。会社側は東京都の提示した条件に不満で知り合いから吉良を紹介されて依頼してきたのだった。

「そんな事案が次々に入って来て、ここのところ残業もすっかり多くなってるんです」

「大変だってこと、所長にはお話ししたの？」

「まだお話ししてません。桜子さんにいちばん最初に相談したくて……」

「信頼してくれてありがとう。でも、もしスタッフが増えるとしてもふさわしい人でないと」

「問題はそこなんですよ。わたしも気の合わない人は困るし、能力的にも高い人がいいんです」

「たしかにメンバーが増えるとなると、よっぽどいい人でなければダメよね」

「桜子さん、所長先生にだけそのうちお話ししてくださいませんか」

「わかりました。きっとお話しします」

「よかった。よろしくお願いします」

「だって事務所がいつも素敵な環境じゃないと困るもの」

明るい顔つきになって彩音は話題を変えた。

「えと、今日はわたし、定時で帰りますね」

彩音の声は大きく弾んでいた。

「なんだか嬉しそうね。デートなのかしら」

顔の前で彩音は大きく手を振った。

「違いますよぉ。『ストロベリー・フィズ』の現場……えーとライブがあるんです」

「ストロベリー・フィズって歌い手さんのグループ？」

サブカルチャーの知識をほとんど持っていない桜子は、自信なく答えるほかなかった。

「女の子三人のグループです。わたし女オタなんです」

「女オタって？」

「いろんな意味がありますけど、最近は女性アイドルの熱烈なファンである女子を指す場合が多いですね」

「へぇ、男性アイドルよりも女性アイドルが好きなの？」

「だって女の子ってカワイイじゃないですか」

「なるほどね……」

音楽家の話が出たところで、桜子は浦上紗也香の不幸を思い出してしまった。表情が沈んでしまうのは避けられなかった。

「どうかしましたか？」

彩音が不思議そうに訊いた。

「いえ……なんでもないの」

世田谷芸術館の悲劇は事務所では誰にも話していなかった。

口に出すと、涙が出てきてしまいそうだった。いくつもの媒体で報道されていたが、そのコンサートに桜子がいたことは彩音も知らなかった。

「お待たせしました」

政志がトレーに湯気の立ったカップを三つ載せて運んできた。

桜子と彩音は次々に手を伸ばしてカップを取った。

彩音が近くのコーヒー店で買ってくる豆はもともと美味しいのだが、政志が淹れるとどこかピントがぼやけている。

「うーん、まだまだ修業が足りんよ、畠山くん」

彩音の言葉に政志は複雑な顔つきで答えた。

「武田くんが満足するようなコーヒー淹れられるようになったら、僕は喫茶店のマスターになれるよ」

「いいんじゃないの。いつまでも試験スベってパラリーガルなんてしてるより」

お互い気安い関係だからか、彩音は政志に平気で毒づく。

「あ、痛いなぁ。遠からぬ日に受かりますって」

政志は自分の頭をぴしゃりと叩(たた)いておどけてみせた。

三人は自分の席に戻ってコーヒーを飲んだ。エアコンの効いた部屋で飲む熱いコーヒーは味はどうあれ、疲れを癒やしてくれる。

「それじゃ、お先にっ」

五時ちょうどにスキップするような足取りで彩音は街へと出て行った。

残された桜子と政志はそれぞれの仕事をして時を過ごした。

「そろそろ五時半ですね」

政志の声に壁のアルネ・ヤコブセンのバンカーズ時計を見ると、針は五時二十五分を指していた。

「今日は来ないかな」

「真実フェチの桜子さんの変態心が満たされませんね」

「もう変なこと言うのやめて。わたくしはフェチではありません」

「へへへ……」

政志は奇妙な笑い声を出した。

そのとき、コール音がコンクリート打ちっぱなしの壁に響き渡った。

「来ましたよ」

政志が短く言った。

ディスプレイには東京弁護士会と表示されている。

桜子の胸は高鳴った。

「わたくしが取ります」

桜子は受話器を耳に当てた。

「東京弁護士会刑事弁護センターの村岡と申します。一色桜子先生はいらっしゃいますか」

何度か聴いた年輩の女性の声が響いた。

「一色はわたくしです」

「当番の配点がありました。依頼者は身柄拘束されている本人です。被疑者氏名は内藤弘之、国籍は日本、性別は男性、生年月日は平成五年四月十五日、罪名は刑法一九九条殺人罪」

「殺人罪ですね」

桜子は念を押した。緊張は隠せなかった。

「そうです。逮捕日は令和二年七月二十八日、本日です。勾留場所は成城警察署です。お受け頂けますか」

「はい、お受け致します」

「では、配点連絡票等を流します。よろしくお願いします」

電話が切れると、ファクスに着信があって複合機から一枚が排紙された。記載事項は電話で聞いたことと変わらない。続いて私選弁護人選任申出書などが送られてきた。当番弁護士は国選弁護ではなく、あくまでも私選弁護である。

「桜子さん、なんで一年しないうちにまた殺人に当たっちゃうんですかね」

「重い罪のほうがやりがいがあるでしょ」

そもそも刑の軽重によって受任は拒否できない制度なのである。

「やっぱり変態だ」

政志は声を立てて笑った。

「だから、わたくしは変態などではありませんってば」

「まぁいいです。とにかく警察に電話入れましょ」

桜子は成城警察署に電話を入れて留置係に廻してもらった。

「はい、留置係ですがっ」

妙に愛想のいい若い男の声が返ってきた。

「弁護士の一色と申しますが、そちらに留置されている内藤弘之さんの当番弁護士の派遣依頼を受けました。本人はそちらに在監していますね？」

「本日逮捕された被疑者ですね」

「ええ、男性で生年月日は平成五年四月十五日です」

「間違いなく在監しております」

「十八時半頃に行きます」

「了解しました」

桜子は電話を切った。

当番弁護士はできるだけ早く接見に行くことが必要とされる。東京弁護士会も原則として当日のうちに接見することを規則で定めている。

警察官が逮捕した場合、四十八時間以内に事件を検察官に送致するか釈放するかを決めなければならない。事件が送致された場合には、検察官は送致されてから二十四時間、逮捕から七十二時間以内に裁判官に勾留請求するか、釈放するか、起訴するかを決めなければならない。

検察官の勾留請求を裁判官が認めないことはほとんどなく、被疑者は最大で二十三日間という長期間、身柄を拘束されることになる。

このような長期間の身体拘束による取調は、被疑者を心身ともに疲弊させることは言うまでもない。たとえば身に覚えのない罪を自白して冤罪が生まれる怖れもある。

刑事訴訟法は身体拘束の妥当性を争う権利をはじめ黙秘権、証拠保全請求権などの諸権利を定めている。弁護人依頼権や弁護士と面会する接見交通権も重要な権利である。

しかし、法律の素人である被疑者はそんな権利のことを知るはずがない。弁護士との接見交通権がいかに大事であるかがわかろうというものである。

家族など一般の人の接見は、午前九時から午後五時半頃までで、一回十五分程度の制限があり、警察官の立ち会いが義務づけられている。

弁護士は原則として二十四時間いつでも接見でき、接見時間の制限も存在しない。さらには警察官の立ち会いも認められず、室外で聞き耳を立てることさえ認められていない。

戦後の刑事訴訟法は、被疑者・被告人と弁護士が検察官・警察官と真実を争う英米型の当事者主義を採用している。当事者主義は被疑者・被告人の人権を守るために機能している。

ちなみに刑事訴訟法第八一条は、「裁判所は、逃亡し又は罪証を隠滅すると疑うに足りる相当な理由があるとき」には、弁護士以外の者との接見を禁止することができると規定している。逆に言えば、裁判所は被疑者に弁護士との接見を禁止することはできない。

留置場のスケジュールに合わせると、十八時半は都合のよい時間だと言える。

留置場では朝食が八時、昼食が十二時、夕食は十七時半頃と定めているところが多い。二十一時が就寝時刻で、二十時半からは就寝準備時間となっていて二十一時まで待たされる。

そこで桜子は十八時半に接見に行くと伝えたのである。

「はい、接見セット」

マチつきの厚めの封筒を政志は差し出した。

事務所の名前の入った封筒のなかでいちばん大きいものだ。

封筒のなかには被疑者に差し入れる『身体を拘束されている方へ』という内容のプリント、

日弁連編集の『被疑者ノート』が、初回接見で必要となる各種の契約書や申込書などと一緒にセットされている。

桜子自身のために東京三弁護士会が作っている『当番弁護士マニュアル』も入っているはずだ。

「いつもありがとう」

「当番は出かけるまでに時間的余裕がありませんからね」

政志は片目をつむった。

桜子は屋敷にいる運転手の土岐成治のスマホに電話を掛けた。

「土岐さん、いまなにしてるの？」

「はい、お庭のバラの花を手入れしておりました」

「六時半に成城警察署に行きたいの」

「千歳台(ちとせだい)の成城署でございますね。十キロもありませんので、六時ちょうどにお迎えに伺えばよろしいかと」

「わかったわ。じゃ、六時に」

桜子は電話を切った。

頃合いを見計らって事務所から外に出ると、土岐が運転するベントレー・アルナージＲＬ

の五・六メートルの長大なボディが前の道をふさぐような存在感を見せていた。

ライトグレーのスーツに身を固めた筋肉質の大柄な土岐が、運転席から下りてきて後部座席のドアを開けた。

「お疲れさまでございます」

土岐はうやうやしく一礼した。

「ご苦労さま」

桜子が後部座席に乗り込むと、土岐がドアを閉める重い音が響いた。

六・七五リッターのV型八気筒のエンジン音をほとんど響かせずにアルナージは発進した。

「なにかお掛けしましょうか」

運転席から背中越しに尋ねてきた。

いつもは移動中に桜子はBGMを流すが……。

「いいえ……いまは音楽を聴くとつらいから……」

「さようでございますね」

「待って……やっぱり紗也香先生の曲を掛けてちょうだい」

「どの曲になさいますか」

土曜日に紗也香からもらったCDは、騒ぎがあったせいで聴く機会を失っていた。

聴いてみようと思ったが、土岐には渡しておらず、このクルマのオーディオシステムにもコピーしていない。

メジャーレーベルから出ている紗也香のCDがコピーしてあったはずだ。

「モーツァルトの弦楽四重奏曲第十四番をお願い」

「かしこまりました」

やわらかな四重奏の響きが車内にひろがった。

つらいからといって逃げていてはいけない。

浦上紗也香の死と真正面から向き合わなければならない。

あえて桜子は土曜日のコンサートで演奏された曲を聴くことにしたのだった。

目を瞑(つむ)って聴いていると、ステージで倒れた紗也香の姿がまぶたの裏に浮かんでくる。桜子はにじみ出る涙を止めることができなかった。

第一楽章の途中で環八(かんぱち)が東名高速を越えると、左手に砧公園の緑が見えてきた。

桜子は耐えきれなくなって土岐の背中に声を掛けた。

「音楽を止めて」

「かしこまりました」

やはりショックから立ち直るのにはまだまだ時間が掛かりそうだ。

3

六時二十分頃にアルナージは成城署の正面玄関前に滑り込んだ。

立哨（りっしょう）している制服警察官が、身を乗り出して興味津々の目つきでアルナージを見た。いつか政志が言っていたが、このクルマのワインレッドは目立つのだろう。

成城警察署は世田谷区の西部を管轄する大規模署で、多摩川を挟んで神奈川県川崎市と接している。玉川パートナーズ法律事務所や桜子の屋敷とも近いが、いままで訪れる機会はなかった。

「こちらの警察署にも来庁者用の駐車場はございません。どこかでお待ちしておりますので、御用がお済みになりましたらお電話くださいませ」

「時間が掛かるかもしれないので、いったん戻っていたら？」

「では、お言葉に甘えてそう致します。十分でお迎えに上がります」

「バラの手入れをお続けなさいな」

「ありがとうございます」

土岐は嬉しそうに答えた。

桜子は移動のほとんどを土岐の運転に頼っている。それ以外の時間の土岐は一色邸内のさまざまな仕事をこなしている。土岐は草花の手入れが得意で、一年に何回かは色とりどりのバラの花で一色邸は彩られる。

アルナージを降りた桜子は、案内板を頼りに二階に上がって接見受付に近づいていった。

カウンターの奥から一人の若い制服警官が近づいて来た。巡査部長の徽章を付けている。

若い留置係はまぶしそうな表情で桜子を見てかるくあごを引いて会釈した。

「ご機嫌よう。弁護士の一色です」

留置係は一瞬面食らったような顔をしたが、すぐにやわらかい声を出した。

「ご苦労さまです」

留置係は鋭い目つきで桜子のスーツの襟に光る弁護士徽章を見た。

どこの警察署でも接見室への入室チェックは厳しく、弁護士徽章と呼ばれるバッジか身分証明書を確認される。

「接見室はこの奥です」

留置係は廊下の右奥を掌で指し示した。

幸いなことに接見室は空いているようだ。電話を入れていても、ほかの弁護士の接見が入っていると、終了するまで待たなければならない。新宿署のように接見室が三つもある警察署はまれで、たいていは一室か二室しか設けられていない。

アイボリーの床を進んだ桜子は接見室と表示の出ているドアを開けて中に入った。

個性がないのはあたりまえだが、この接見室も無機質な六畳くらいの部屋だった。

銀行に似たカウンターの前に並べられた三個のパイプ椅子の真ん中に桜子は座った。

しばらくすると奥の扉が開いて、アクリル板の向こうにノータイの白いワイシャツとダークグレーのパンツを身につけている若い男がよろよろと入室してきた。

ネクタイやベルトは首をくくるなどの怖れがあるので、逮捕後に警察の管理下で釈放時まで保管される規則になっている。

「え……」

男の顔を見て桜子は声を上げた。

桜子を混乱が襲っていた。

肩をすぼめて椅子に座った筋肉質の男は、紛れもなく土曜日のコンサートで第二ヴァイオリンを担当していた小早川弘之だった。

(被疑者は内藤という男のはずだけど……)

配点連絡票を見るより本人に訊いたほうが早い。

男は桜子の顔を茫然と見つめている。弁護士であることはバッジを見ればわかるはずだが、若すぎることに驚いているのかもしれない。

「わたくし、当番弁護士の一色です」

「すぐに来て頂いてありがとうございます」

男は悄然と肩をすぼめて頭を下げた。

「あなたはヴァイオリニストの小早川弘之さんではありませんか」

ふっくらとした顔のなかで大きめの瞳が驚きに見開かれた。

「そうです。よくご存じで……」

「ええ、あなたの出演しているコンサートに行ったことがあります」

紗也香の顔がよぎって桜子の胸はチクリと痛んだ。

「ああ、そうだったんですね」

得心がいったという表情が男の顔に浮かんだ。

「わたくしが当番依頼を受けました方のお名前は、内藤弘之さんなのですが」

「小早川は芸名なんです。僕の本名は内藤弘之です」

納得できた。少しも不思議な話ではなかった。

弘之というファーストネームに変わりはないが、その点には気づかなかった。

「クラシックの音楽家で芸名を使う方は珍しいですね」

た。


「亡くなった母の旧姓でして……」

「そういう事情でしたか。わかりました」

「まぎらわしくてすみません」

だが、殺人罪で逮捕された被疑者としては、内藤は比較的落ち着いているように感じられ
品のよい顔立ちが、すっかり青ざめている。

丁寧な物言いをする内藤に、桜子はいくぶんの安堵（あんど）を覚えた。

相手に実際に会うまで弁護士は依頼人がどんな人間なのかわからない。当番弁護士は相手の職業や経歴すら知らずにこうして駆けつけなければならないのである。

要点をメモするために桜子は赤いブッテーロ革の手帳とディオールのボールペンを取り出した。このペンは兄が司法試験の合格祝いにプレゼントしてくれたものだった。

「なぜ逮捕されたのか、警察官からきちんと告げられましたね？」

桜子は内藤の目を見つめて穏やかな声で尋ねた。

内藤の表情はいきなり暗転した。

「あり得ないことなんです。誰より大切な人を殺すなんて、太陽が西から昇っても絶対にあり得ない」

頬を引きつらせ、額に筋を立てて内藤は懸命に訴えた。

「落ち着いてください。あなたが殺人容疑で逮捕されたことに間違いはないのですね」

「だから、そんなことはぜんぶ警察の嘘なんです」

身体を震わせる内藤は、湧き上がるどす黒い怒りを懸命に抑えているように感じられた。

（今回も否認事件か……）

桜子の全身に張り詰めたものが走った。

今度の事件も冤罪事件である可能性はある。桜子は幼い頃の悲しい経験を通じて、冤罪事件を晴らすことこそ自分の弁護士としての使命だと自覚している。

雪冤（せつえん）事件は、一色家の家訓である「法の下に真実を」という言葉を追求することにもかなう仕事だった。

大審院判事であった曽祖父の一色範定（のりさだ）子爵が終生口にしていた言葉である。弁護士であった祖父も裁判官であった父もこの言葉を大切に考えてきた。弁護士となって以来、桜子は常に「法の下に真実を」明らかにすることを生きる目的としてきた。

しかし、雪冤事件は当然ながら被疑者・被告人が自分の罪を認めない否認事件となる。否認事件では、弁護士の闘いは厳しい。検察官とも完全な対立構造となり、警察の協力を得ることもできない。

「警察官からどなたを殺害した容疑と伝えられましたか」

「ぼ、僕の……大切な人です」

内藤の瞳から涙があふれ出て頬からあごへと伝わった。

桜子は内藤の両目をまっすぐに見据えた。

その瞳には少しの濁りも感じられなかった。

「どなたなのですか？」

内藤は右の掌で涙を拭うと、苦しげに唇を歪めて言葉を発した。

「浦上紗也香先生です」

桜子の手帳が樹脂製の床に落ちる音が響いた。

一瞬、桜子の大脳は耳から入って来た音声を受け付けることができなかった。

「も、もう一度言ってください」

桜子は自分の声が大きく震えるのを抑えられなかった。

「ヴァイオリニストの浦上紗也香先生です」

室内の空気がものすごい圧力で自分に襲いかかるような錯覚に桜子は陥った。

息が苦しい。その場に倒れそうになる衝撃に桜子は懸命に耐えた。

「どうなさったんですか」

内藤はけげんそうに眉根を寄せて両目を瞬(しばた)いた。

「ちょっと待ってください」

桜子は掌を前に突き出してかすれ声で頼んだ。

呼吸を整えて心臓の鼓動を抑えるために一分間ほど瞑目(めいもく)した。

目を開いてなんとか唇を動かす。

「病死だと報道されていますが……」

ようやくこれだけの言葉が出てきた。

「でも、警察は僕が先生を毒殺したと言っているのです。解剖の結果、ご遺体から毒物が検出されたそうです。その毒を僕が先生になんて……」

内藤は顔を伏せて言葉を詰まらせた。

「そんな……」

桜子の脳裏にステージで倒れた紗也香の姿が生々しく蘇った。

病死と信じていた紗也香が毒殺されていたとは。

しかも、目の前に座っている内藤弘之が犯人と疑われているのだ。

立て続けに頭を殴られるような衝撃の連続に、桜子の神経は耐えられなかった。

だが、自分は当番弁護士としてこの場にいる。

真実を明らかにし、冤罪を訴える内藤を救うことが与えられた使命なのだ。

紗也香を愛していた一人の人間としての感情は、どうしても抑えつけなければならない。

桜子は床に落ちている手帳を拾ってページを開いた。

職業意識と弁護士倫理だけが桜子を支えていた。

感情を押し殺して桜子は平らかな声音で言葉を発した。

「あなたが逮捕されたいきさつと、警察から聞かされた事件の推移を聞かせてください」

内藤は静かにあごを引いた。

「今朝の五時頃です。チャイムが何度も鳴りました。僕はチャイムの音で起こされたのです。ドアを開けると、五人くらいの刑事が立っていて、捜索差押許可状と呼ばれる書類を提示して浦上紗也香先生の殺害容疑で家宅捜索すると告げられました。僕は意味がわからず懸命に否定したのですが、刑事たちは部屋のなかのものを片っ端からひっくり返して、なにかを見つけると警察まで同行するように命じました」

「それは任意同行ですね」

「でも、拒否はできない感じでした。それで警察署の取調室で刑事たちに延々と質問攻めに遭いました。昼食の後に逮捕状を突き付けられて、浦上先生の殺害容疑で逮捕すると告げられました。その後も夕食の時間までずっと、身に覚えのないことで取り調べられました」

内藤の全身が小刻みに震えている。

まずは令状による家宅捜索が執行されたようだ。

刑事訴訟法第一一六条一項には「日出前、日没後には、令状に夜間でも執行することができる旨の記載がなければ、差押状、記録命令付差押状又は捜索状の執行のため、人の住居又は人の看守する邸宅、建造物若しくは船舶内に入ることはできない」と規定されている。令状に夜間でも執行できる旨の記載がなければ捜索のための住居等への立ち入りは夜間には行えないのである。

このため、警察は夜明け頃に家宅捜索を執行することが多い。ちなみに日没後の逮捕や家宅捜索を認める令状を警察では「特記つき」と俗称している。

差し押さえた証拠物によって、逮捕理由が確定できたと考えて成城警察署内で逮捕状の執行がなされたわけである。

「警察官の取調の際に聞かされた逮捕の理由をできるだけ詳しく話してください」

桜子はことさら静かな調子で訊いた。

「はい、先週の土曜日、浦上先生と僕は世田谷芸術館で開かれたコンサートに出演しました。パーマネントではないのですが、このステージのために弦楽四重奏楽団のスタイルをとったのです。このコンサートのときに浦上先生は演奏中に倒れ、近くの玉川総合病院に救急車で運ばれましたが、その晩のうちに亡くなりました。ところが、死因に不自然な点があるとの医師の意見から司法解剖したところ、体内からパリトキシンという神経毒が検出されたそうです。これを僕が先生に注射したと言うのです」

「ご遺体から注射痕が発見されたのですね」

内藤は首を横に振った。

「いえ、僕が非侵襲式注射器という針なし圧力注射器を使ったのだと決めつけるのです。これは注射痕ができません」

「そんな注射器があるのですか」

「アメリカで開発されたものです。製品としては新しいものなのですが、もっぱらヒト成長ホルモン製剤やインスリンの自己注射に使われます。痛みもほとんど感じないので、素人にも扱いやすいのです」

医師でもない内藤が、特殊な注射器を詳しく知っていることは不思議だった。

「あなたは日頃からそんな注射器をお持ちなんですか」

「実は僕は毎日、この注射器を使っています。成人成長ホルモン分泌不全症に罹(かか)っているので、ヒト成長ホルモン製剤を自分で打っているのです」

「でも、あなたはそんなに立派な身体をしているではないですか」

内藤は身長も百八十センチ近くあるようだし、筋肉質でこれといって成長不全があるようには感じられない。

「後天的なものなのです。高校生の頃に交通事故で頭部に怪我をしましてね。脳の下垂体に損傷を受けたのです。そのせいで成長ホルモン製剤を打ち続けなければならないのです」

「なるほど、その注射器をあなたがいつ使ったと、取調官は主張しているのですか」

「コンサートの途中で……そう、モーツァルトの弦楽四重奏曲十四番の第四楽章を演奏したときのことです。ホールの照明がいきなり落ちたのです」

（あ、あのとき……）

桜子は声を上げそうになったが、なんとか踏みとどまった。

「真っ暗ななかで、浦上先生は第四楽章を最後まで弾き続けたのです。僕たち残りの三人はもちろんあんなことできるわけありません。ただただ固まって照明が点くのを待っていました」

「それはすごいことですよね」

桜子の脳裏に暗闇に響き続けた紗也香の弦の音が鮮やかに蘇った。

内藤は大きくうなずいた。

「音楽性も技術もお人柄もすべてが最高の人だった。そんな浦上先生をこころから尊敬しているんです。そんな僕が先生を殺すなんて、警察はいったいなにを考えているんだっ」

話しているうちに内藤が興奮してゆくのがわかった。

「人としてあり得ない。僕が先生を殺すだなんて。そんなことあり得るはずもないっ」

内藤の声は悲痛な叫びとなった。

「落ち着いてください。今回の事件について、いまのわたくしはあなたからしか事情を伺うことはできないのです。真犯人を見つけるためには、あなたが知っていることを話してくださらないと始まらないのです」

弁護士は、警察・検察や裁判所から事件についての詳しいことをなにも知らされない。事件の概略が公的にわかるのは起訴状によるものである。起訴状にも「被疑者が、いつ、どこでなにをした」という最低限のことしか記されていない。弁護活動には被疑者からの情報が頼りである。

「すみません……」

内藤は素直に頭を下げた。

「確認ですが、ホールの照明が落ちたときに、被害者の浦上先生は何者かに非侵襲式注射器によって毒を注射され、その毒によって病院で亡くなったという警察の主張なのですね」

小さくうなずいて内藤は答えた。

「ええ。非侵襲式注射器はなにかを押しつけられた程度の感覚しかないので、本人もまさか毒を注射されたとは思わなかったはずです」

「舞台が暗くなったのはどの程度の時間でしたか」

「そうですね。ほんの一分半といったところでしょうか」

たしかにそのくらいだった。長くても二分間といったところか。そのときステージには四重奏団の演奏者の方々しかいなかったのですね」

「ええ、先生と僕、ヴィオリストの遊佐茉里奈さんとチェリストの逸見繁則さんの四人しかいませんでした」

内藤はきっぱりと言い切った。

「それでは警察は出演者のあなたたちを疑ったのですか。舞台の袖にいた人間の犯行の可能性はあり得ないでしょうか」

「照明が落ちたとき、僕は先生の暗闇での演奏に驚いてそちらにばかり関心がいっていました。でも、舞台袖から誰かが出てきたようには思いませんでした。もっとも袖から誰かが出てきたとしても照明が復活するまでの間にステージから袖に戻ることは難しかったのではないでしょうか」

内藤はやはり嘘を吐いていないように見えた。

舞台袖からの襲撃者を否定してしまえば、犯人は内藤たち演奏者三人に絞られるわけである。自分の犯罪をごまかそうとするなら、こんな発言はしないだろう。

だが一方で、舞台袖から犯人が襲ったことも絶対に不可能ではないように思われた。

「ほかの二人も事情聴取を受けたようです。刑事が言っていましたから。たしかにあの暗闇のなか、短い時間で先生に毒を注射できた者がいるとしたら僕たち三人である可能性は高いです」

「演奏者の方が、ステージに特殊な注射器など持ち込めるものでしょうか」

「そんなに大きいものではありません。ペンライト程度の大きさなので、タキシードのポケットに入りますし、演奏にも支障を来さないと思います。ただ、遊佐さんは難しいかもしれませんね」

「ドレス姿では隠せるポケットはなさそうですね」

これまた工夫をすれば絶対不可能でもあるまい。たとえば、太股(ふともも)あたりにベルトで縛ってスカートの下に隠すことなどもできなくはないだろう。

桜子は内藤の目を見て言葉を継いだ。

「となると、チェリストの逸見さんにも疑いが掛かったのでしょうか」

「でも、難しいと思います。四人の並び方からするといちばん遠い位置にいましたので……」

「左から第一ヴァイオリン、第二ヴァイオリン、ヴィオラ、チェロという配置でしょうか」

「お詳しいですね」

「ええ……まぁ……」

桜子は言葉を濁した。実際に見ていたわけだが、弦楽四重奏団と言えばこの配置であるように思っていた。

「弦楽四重奏の並び方は決まったものなのですか」

「いいえ、決まりがあるわけではありません。たとえばいちばん左が第一ヴァイオリン、続いてチェロ、ヴィオラ、第二ヴァイオリンという配置などもよく見かけます。ルールと言えば第一ヴァイオリンをいちばん左に持ってゆくことくらいでしょう。しかし、僕たちが四人で組んで演奏するときには、いちばん左が浦上先生、続いて僕、遊佐さん、逸見さんの順番に決まっています。この点でも僕は不利な状況にあるのです。でも、警察はほかの理由を突き付けてきました」

「いったいどんな理由なのですか」

内藤はかっと目を見開いた。

「家宅捜索を受けた際、僕の部屋から発見された非侵襲式注射器からパリトキシンが検出されたと言うのです」

「当日使った注射器ですか？」

音が出るほどの激しさで内藤は首を横に振った。

「当日も注射器はたしかに楽屋で使いました。バッグに入っていたことは事実です。でも、その注射器は証拠とされたものとはまったく別のものです。警察が証拠として突き付けたのは、僕の部屋のサニタリーから発見した注射器なのです。でも、僕はそんなところに置いたりしません」

「置いた覚えのない場所なんですね」

「ええ、サニタリー内には小さなランドリーチェストを置いてタオルなどを突っ込んであるんです。新品のタオルの奥から発見された紙袋に入っていた注射器にパリトキシンが付着していたと言うのです。ふだんあんまりさわらない引き出しなんでそんなものが入っているとは気づきませんでした。刑事は犯行に使った注射器の捨て場所に困って引き出しに隠したと言ってますが、あり得ません」

「サニタリーから発見された注射器は、あなたのもので間違いないのですか」

「製品としては同じものです。でも、僕が注射器に入れたことがあるのはグロウジェクトというホルモン製剤だけです。パリトキシンなんてものは見たことも聞いたこともなかったたんです」

「過去に注射器を紛失したことなどはありませんか」

「そうだ。それです！」

「心当たりがあるのですね」

身を乗り出して内藤は続けた。

「半年ほど前にひとつ、出先でポーチごとなくしました。故障の際などに備えて予備を持っているので問題はありませんでしたが、落とした覚えがないので不思議でした。値段もそんなに安いものではないので、あちこち探したのですが見つかりませんでした」

「あなたは大事な注射器を紛失したんですか」

たしかに不自然な話だった。

「そうか、そうなんだ。誰かが僕の注射器を盗み出して、パリトキシンを付けて、こっそりサニタリーに置いたんだ。それに違いないっ」

内藤は我を忘れたように叫んだ。

桜子は内藤が落ち着くのを待った。

ほどなく内藤はうっすら頬を染めてかるく頭を下げた。

「すみません……興奮して……」

もし内藤が言っていることが真実だとすれば、犯人が内藤の注射器を盗み出した上で細工をし、さらに彼のサニタリー内に置いた可能性がある。

しかし、この場で内藤に繰り返し訊いたとしても真実が見えてくるわけではない。

桜子は質問を変えることにした。

「楽屋はいくつかあるのですよね」

「はい、あのホールには五つあって、当日は四部屋を使っていました」

「誰がどの部屋を使っていたか教えてください」

実際に楽屋に入った桜子にはだいたいの予想はついたが、確実なことを訊いておきたかった。

「入口にいちばん近い大部屋はピアニストの仁木祐子さんが一人で使っていました。次の大部屋には僕たち三人がいました。そこからは小さい楽屋が三つ続いているのですが、最初の部屋は浦上先生がお使いになり、次の部屋を蒲生先生が使っていらっしゃいました。いちばん奥の部屋は空室でずっと施錠されていたはずです」

「楽屋に鍵は掛かっていなかったのですか」

「出番が来るまでは楽屋に鍵は掛けてありませんでした。出番を待っているときには、トイレに行ったりドリンクを買いに行ったりするのでいつもそうです」

「鍵が開いているときに三人が一度にいなくなった……当日、楽屋が無人になったようなことはありませんでしたか」

「さぁ……よく覚えていません。でも、あの日は入口に警備員が立っていましたので、怪しい人物が楽屋に入ってくればすぐにわかったと思います」

実際に警備員に声を掛けられた桜子にもそのことは実感できた。

「動機についてはなにか言っていませんでしたか」

「僕がどうしてそんなことをしたのか、いくら訊いてもなにひとつ教えてくれません。それはそうですよ。僕が浦上先生を殺す理由なんてどこを探しても見つかるわけはありません」

取調官は被疑者に次々に質問をするのが仕事だが、被疑者からの質問には答えない場合が多い。警察は動機についてもなにかしら摑んでいるのかもしれないが、確定的なものではないのだろう。

「浦上先生とあなたの関係について教えてください」

「僕は小学生のときから浦上先生のお宅に通ってヴァイオリンを習っていました。そのおかげで日本芸術大学の弦楽専攻にも入れましたし、プロの演奏家にもなれました。まさに恩人です。おつきあいも十五年にもなります。いつも僕のことを本当に考えてくださる素晴らしい先生でした」

内藤の声が潤んだ。

(紗也香先生はそういう方だった)

桜子も涙が出そうになったが、表情には表さないようにつとめた。

「照明を落とした方法については?」

「いいえ。なにも……」

「では、パリトキシンという毒物の入手先は?」

「バカバカしい」

内藤は大きく顔をしかめた。

「なにがですか」

「刑事が言っていましたよ。沖縄に演奏旅行に行ったときに僕が知り合いの方の船で釣りに行ったんです。そのときになんとかっていう魚を釣ってそこから毒を抽出したって言うんですよ」

「魚から抽出できる毒なんですか」

桜子はかるい驚きの声を上げた。

「そうらしいですね。刑事に聞いて初めて知りました」

内藤は不快なものを間違えて呑み込んだような表情を見せた。

いらだちを隠さずに内藤は続けた。貧乏ゆすりなのか、身体が小刻みに揺れている。

「あまりに荒唐無稽な話なんです。子どもの頃はともかく、中学生くらいから僕は釣りなんて滅多にしません。あの沖縄のときはいろいろと世話になった現地の方にほとんど無理やり誘われたので仕方なく釣りに行っただけです。もちろん魚の毒だとか、その抽出方法なんて知るはずありませんよ」

歯を剝き出して内藤は答えた。

「そのお話はとても大事です。警察・検察の主張に対抗するためにも」

「よくわかりました。慣れていないもので……」

内藤は頭を掻いた。

「接見なんかに慣れてしまってはまずいです」

「まったくですね」

声を立てて内藤は笑った。

精神力の強い男だと桜子は思った。

いきなり逮捕された被疑者はもっと軽い罪状であっても、うなだれ続けるのが普通である。たいていは「このまま有罪にされてしまうのか」という不安でたまらないような態度を見せる。

身に覚えのないことで不当に拘束されている者なら、警察に対する怒りの感情以外は出てこなくてあたりまえだろう。

ここまでの接見で内藤も感情的になる場面はあった。しかし、それは当然の話で、落ち着き払っていたらむしろ不自然だ。

精神力が強い人間でなければ幼い頃から厳しい練習をたゆまずに続け、ヴァイオリンのプロとして独り立ちなどできるものではなかろう。

「ほかに警察から逮捕の理由として告げられたことはありませんか」

内藤はしばらく真剣な表情で考えていた。

「いいえ、そのほかにはなにも……」

犯行については動機も含めて提示されていない事実が少なくない。

警察にはまだまだ調べるべきことがいくつもあるようだ。

「では、逮捕理由を整理します。あなたは七月二十五日の土曜日、世田谷芸術館で行われたコンサートで、照明が落ちた際に、自分の治療に使っていた非侵襲式注射器を用いて浦上紗也香さんにパリトキシンを注射して死亡させた。使用した毒と同じ成分があなたの自宅に置いてあった注射器から検出された。これでよろしいですね」

桜子は手帳を覗き込みながら内藤に訊いた。

「警察が言ったことはそのとおりです。ですが、なにひとつ真実ではありません。すべてがデッチあげです」

桜子の瞳を見据え、声を震わせながらも内藤はしっかりとした声音で答えた。

少しの間、内藤の目を見つめていた桜子は、彼がひとつも嘘を吐いていないと感じていた。幼い頃の悲しい経験を通じて、雪冤を人生の第一の課題としてきた。大学院に進んで専門の研究もした。そんな桜子には、無実の罪に陥れられた人のこころの叫びが直感的にわかるのである。

もちろんこれは「予断」である。桜子が検察官や裁判官だとしたら、そんな予断を持つことは許されるものではない。

だが、桜子は弁護士である。

依頼人を信じなければまともな弁護活動はできない。これは弁護士だけに許される予断なのだと桜子は考えていた。

「あなたの主張が正しいとすれば、誤認逮捕されたことになります。つまり、これは冤罪事件なのです」

「もちろんです。僕はなにひとつ嘘は言っていません」

「そうであるならば、弁護人の使命はあなたを間違った身体拘束から解放すること、さらには検察官に不当な起訴をさせないことです」

「一色先生、僕の弁護をお願いできるのでしょうか」

声に力を込めて内藤は頼んだ。

桜子のこころを重苦しいものが襲った。

浦上紗也香の殺害容疑で逮捕されている内藤の弁護を担当することはきわめてつらい仕事であった。

終始感情的にならずに内藤の弁護を続けられるものだろうか。

本件では被害者の紗也香が桜子の恩師であるので、弁護の依頼を断る正当な理由は存在する。

「内藤さんにはお知り合いの弁護士はいませんか」

無意識に桜子は及び腰になっていた。

「いいえ、お願いできる弁護士の先生はほかにいません」

当番弁護士として呼ばれるケースのほとんどは、被疑者が弁護士とはあまり縁がない場合である。そのまま依頼されるのが通常だった。

桜子のこころは揺れていた。

しかし、もし内藤を信ずるとすれば、紗也香を殺した真犯人を捜し出す仕事にもつながってゆくはずだ。

（「法の下に真実を」……そうだ。これはわたくしに課された宿命なのだ）

桜子はこころを決めた。

「お引き受けする前にひとつお話ししておかなければならないことがあります」

「なんでしょうか」

内藤は不審そうに訊いた。

「わたくしは被害者の浦上紗也香先生に中学生と高校生のときにヴァイオリンを教えて頂いていたのです」

内藤の顔は見る見る明るくなった。

「そうだったんですか！」

弾んだ声で内藤は小さく叫んだ。

「高校卒業の頃に浦上先生がお忙しくなって、それきりヴァイオリンはやめてしまいましたが」

「一色先生と僕とは同門っていうわけですね」

「わたくしはプロになるような素質はなくて、まったくの素人です」

「それでも浦上先生のことをよくご存じなわけではないですか」

それは桜子が戸惑うほどの明るい表情だった。

内藤がもし真犯人だとすれば、自分の弁護を紗也香の弟子に頼むことに不安を覚えるはずである。

「浦上先生はわたくしの恩師です。それでも、内藤さんはわたくしに弁護を依頼したいのですか」

「もちろんです。いまのお話を伺った以上、ほかの弁護士さんなんかに頼む気になれません。どうかよろしくお願いします」

「わかりました。お引き受けします」

「ありがとうございます。僕が人でなしでないことを証明してください」

内藤の声は震えていた。

「弁護費用は負担できますか」

「そうですよね。お金が掛かるのですよね……いくらくらい掛かるのでしょうか」

内藤は急に気弱な声を出した。

「わたくしが所属する東京弁護士会の目安では、起訴前着手金が二十万円、起訴後着手金が三十万円、報酬金が三十万円となっていてこれに消費税が掛かります。起訴された場合には、あわせて八十八万円です」

桜子は淡々と伝えた。

「でも、それはあくまで目安ですよね。本当はもっとお金が掛かるのでしょう」

「この金額を超える場合には東京弁護士会に報告することになっています。ですが、わたくしは目安通りでお引き受けしております」

内藤の顔に安堵の色が浮かんだ。

「実はあまり貯金はないのですが、それくらいならなんとかなると思います」

桜子もまた、少しは気が楽になった。

今回の事件では刑事被疑者弁護援助制度や国選弁護制度を使う必要はなさそうだ。

貧困などの経済的な理由で私選弁護人が依頼できない場合、一定の条件の下で、勾留決定があれば国選弁護制度、それ以前の段階では刑事被疑者弁護援助制度を利用することができる。

「お引き受けするに当たって、とくに大切なことをいくつか言いますので、しっかりと頭に入れてください」

「はい。わかりました」

内藤は居住まいを正した。

「まず、いちばん大事なことを最初に言います。これからもずっと、わたくしには真実だけを話してください」

「先生に嘘など吐きません」

「けっこうです。一日も早く内藤さんを拘束から解放できるように努力します。現時点では最大で二十三日間は身柄を拘束される怖れが強いです」

今回の件でも裁判官は検察官の勾留請求を間違いなく認めるはずだ。

「二十三日もですか……たくさんの仕事が入っているのに……」

低い声で内藤はうなった。

「その間、内藤さんはこの留置場で一人で闘うことになります。唯一の味方はこのわたくしです。内藤さんとわたくしの間にはたしかな信頼関係が必要です。だから、わたくしには真実だけを話してください」

いささか強い口調で桜子は言った。

「もちろんです、真実だけを話します」

「次に取調についてですが、担当官から脅されたり暴力を受けたりしていませんか」

「中心となって僕を取り調べている五十歳くらいの刑事には『君以外に犯人はいないんですよ。罪を認めなさい』と何度も言われて苦しくなりました。ですが、刑事は薄気味悪いくらい淡々と取調をしています。声を荒らげるとか暴力を振るうようなことはありませんでした」

　基本的には問題のない取調方法のようである。

　刑事にも検察官にもいろいろなタイプがいる。やさしく接して被疑者のこころの隙間を狙って罪を認めさせるような刑事も少なからず存在するだろう。

「二番目に大切なことを言います。取調官になにを言われても、身に覚えのないことは絶対に言わないでください」

「どんなことを言われるのですか」

　内藤の瞳が不安げに揺れた。

「たとえば『認めれば罪を軽くしてやる』といった取引のような話を取調官が持ちかけてくるかもしれません」

　これは利益誘導と呼ばれる不適切な取調である。

「はぁ……なるほど……」

「でも、警察官にはそんな権限はありません」

「つまり嘘なのですね」

　桜子はあごを引いた。

「一度、身に覚えのないことを話してしまうと、証拠とされて裁判で大変に不利になることが少なくありません。とにかく事実だけを答えてください」

内藤は大きくうなずいた。

続けて桜子は「黙秘権」「署名押印拒否権」などの被疑者の諸権利を説明した。

また、『被疑者ノート』をアクリル板の前で広げて提示し、その内容を説明して内藤自身も熟読するように伝えた。

「このノートには取調のようすを記録し、取調官に見せろと言われても見せてはいけません。また、接見時にわたくしと話した内容についても訊いてくるかもしれませんが、一切話してはなりません」

「見せなくてもよくて、言わなくてもいいんですね」

「そうです。これは『秘密交通権』と呼ばれる被疑者の権利です。被疑者と弁護人はタッグを組んで、警察官や検察官と争う必要があります。そこで、相手方には情報を渡さなくてよいのです」

現在の刑事訴訟法は、被疑者・被告人と弁護士が検察官・警察官と真実を争う英米型の当事者主義を基礎としている。

戦前は裁判所の積極的な事実探求を基本とする職権主義を採っていた。ドイツに倣った職権主義が被疑者・被告人の人権を守るためにはうまく機能しない側面があったことへの反省が現在の制度を作ってきた。

「なるほど、先生と僕はデュオというわけですね」

内藤は音楽用語にたとえてうなずいた。

さらに、留置場内で購入できる物や差し入れについても説明を加えた。

「ところで、ご家族の連絡先を伺いたいのですが」

まずは家族に連絡を取る必要がある。また、内藤の家族構成も知っておきたい。

「両親は亡くなっていますし、結婚もしていないので家族はいません」

「ではほかに連絡すべき人はいませんか」

「いいえ……彼女もいないので……」

内藤はちょっと照れた表情を浮かべた。

「差し入れを持って来てくれるような方はいますか」

内藤は小さく首を横に振った。

「友人たちにそんなことを頼むのは気が引けます」

応援者が一人もいないとなると、実に孤独な闘いとなる。まずは接見禁止が付くだろうから、外部との手紙のやりとりもできなくなる。

内藤にとっては桜子だけが頼りとなる。桜子は弁護人としての責任の重さを痛感していた。

桜子は各種の契約書や申込書などもアクリル板越しに見せて、この後、差し入れするので記入して留置係に渡すようにと伝えた。

「それから毎日打たなければいけないヒト成長ホルモン製剤については留置係によく話しておきます。ですが、あなたからも医師の診察を受けて必要な処方を受けられるよう要請してください」

「もちろん話しました。すでに今日の午後、ここの警察の方と一緒に病院に行って診察を受けて、処方箋(しょほうせん)をもらえました。薬と注射器も購入できました。明日以降の分も当面は心配ありません」

留置場に薬の差し入れはできない。自殺をはじめとしてさまざまな危険があるからである。だが、いくら被疑者であっても病気を放っておくわけにはいかない。

体調不良の場合、警察官が付き添って病院に行くなど、健康を守るための措置をとってくれる。とくに生命に関わるケースでは迅速な対応がとられる。

糖尿病患者の被疑者がインスリンを必要とする場合などは、留置場の安全を確保する目的から一回ごとに留置係から渡されることになっている。今回もこのケースに当てはまるはずだ。

「それを伺って安心しました。では、留置係に話さなくても大丈夫ですね」

「はい、ありがとうございます」

「明日は検察官の取調があり検察庁に連れて行かれます。検察官はほぼ確実に勾留請求をしますので、明後日は裁判所に呼ばれて裁判官から勾留質問を受けるはずです。本格的な取調はその次の日から始まります。ですが、なにがあっても身に覚えのないことを話さないでください」

くどいかもしれないが、念を押すべきだった。

「はい、肝に銘じます」

「警察の取調のない二日間に、わたくしはいろいろ調べてみたいと思っています。場合によっては接見に来られないこともあり得るのですが……」

この事件はいろいろと引っかかるところがある。

桜子は独自の調査を急ぎたいと思っていた。

だが、どうしても精神的に不安定になる身柄拘束中の被疑者を放っておくべきではない。

「先生、僕なら一人でも平気です」

桜子のこころの内を読み取ったように内藤が即答した。

「仮の話ですが、二日間、接見しなくても大丈夫ですか」

「僕の無実の罪を晴らしてくださるために全力を尽くしてください。僕なら平気です」

桜子は少しだけほっとした。だが取調が始まったら、できるだけ毎日欠かさずに接見に来ようと考えていた。

「取調官から暴力を受けた場合にはもちろんのことですが、なにか困ったことが出てきたら、わたくしを呼ぶようにすぐに留置係に要求してください。取調中に急ぎ伝えたいときには取調官に要求してかまいません。できるだけ早く駆け付けます」

「ありがとうございます。本当にありがたいです」

内藤はカウンターに手をついて深々と頭を下げた。

「頑張ってください。ではご機嫌よう」

接見室から退出すると、全身にどっと疲れが出ていることに気づいた。

初回接見は聞き出さなければならない内容が多く、もともと神経を使うものだ。

しかも今回は、敬愛していた浦上紗也香の死が病死ではなく毒殺であったことを知らされた。

その上、被疑者として逮捕された内藤弘之の弁護人を受任したのである。

もし、内藤が自分の犯行だと認めていたら、満足な弁護活動はできなかっただろう。

真犯人を見つけ出して冤罪を晴らす。それが今回の使命だと思えばこそ、なんとか冷静になって受任できたのだ。

4

長い夏の夕暮れも終わり、成城の空はすっかり暮れ落ちていた。時計を見ると、二時間近くも接見していたことがわかった。

桜子は宅下げの書類を待つ間に土岐に迎えを頼む電話を入れた。

宅下げとは身体拘束中の被疑者等から不要になった衣類や読み終わった本などを受け取る手続きをいい、先ほど内藤に手渡した必要書類もこの手続きのなかで受け取ることになる。

建物の外へ出ると、すでにアルナージは正面玄関の近くに停まっていた。

ほっとする気持ちで桜子はアルナージへと向かった。

クルマに乗り込むと、桜子はホワイトレザーのシートに倒れ込むようにして座った。

「お疲れのごようすですね」

運転席に座った土岐が振り向いて気遣わしげな声を出した。

「大丈夫よ。でも、今日はもう帰ります」

「かしこまりました。お屋敷までは十分ほどで参れましょう」

アルナージはゆっくりと環八通りへ出て行った。

「自分の直感を信じていいのか悩んでいるの」

弱気な言葉が口をついて出た。

「お嬢さまはそのような感覚にはとくに秀でておいでだと拝察しております。ご自分の直感をお信じなさいませ」

土岐はやわらかい口調で言った。

「ありがとう。少し元気が出てきたみたい」

「恐れ入ります。出過ぎたことを申しました」

ステアリングを握る土岐は静かに答えた。

環八から宝来公園通りに入って、ようやく桜子はほっと息をついた。自分の生まれ育った街はこころの拠り所となる。

田園調布三丁目の丘の上に建つ一色邸のヒマラヤスギ林が見えてきた。イヌマキの生け垣を越えてアルナージは邸内エリアへと入っていった。

母屋の灯りが温かく迎えてくれた。

外壁に大谷石をふんだんに用いた木造建築は、新しもの好きの曽祖父が大正末期に建てたものだった。遠藤新による当時最先端の設計である。

秘書役の伊勢貞夫が車寄せに出てきて、桜子のカバンを土岐から受け取った。

いつに変わらぬ黒っぽいスーツに地味なネクタイを締めている。

伊勢家は一色家が華族であった頃の家令であった。

家令とは皇族や華族の家で、雇い人の頂点に立ってほかの者を監督し、家の事務を取り仕切る職務である。伊勢は格下である執事と呼ばれることを嫌っている。だが、現代では家令では通じないため秘書と自称しているのである。

「お疲れさまでございました」

伊勢は六十八になる。髪も真っ白でしわも増えてきたが、いつも陽気な笑顔を絶やさない。

「変わったことはない？」

「いいえ、平穏な一日でございました。大奥さまはお嬢さまのお帰りをお待ちしておりましたが、先ほどお休みになりました。奥さまはお友だちと銀座でお食事をなさっているそうで……。友親さまは今夜はご当直とのことでございます」

伊勢はいつものように家族の動静を伝えた。

祖母の秋子は九十歳の高齢だがまだまだ元気で、桜子と食事をともにするのをいつも楽しみにしている。母の香緒里はプロの洋画家だが、気ままな性格で家を空けていることが多い。兄の友親も母の血を受け継いで家を留守にして遊び歩いていることが多かった。もっとも兄は内科の勤務医をしているので今夜のように当直勤務についている晩も少なくない。

建物に入ると、廊下から大きな白い塊が走ってきて桜子に飛びついた。

桜子は危うく後ろに倒れそうになったが、いつものことである。

「ホワイト、ただいま」

桜子はホワイトの頭を撫(な)でながら声を掛けた。

「ばうっ、ばうばうっ」

ホワイトは鼻息荒く夢中で桜子の胸に頭を押しつけてくる。

六歳になるメスのホワイトは、父が亡くなる少し前に買ってくれたグレート・ピレニーズである。伊勢と妻の悦子(えつこ)が中心となって世話をしてくれている。桜子は時おり散歩に連れて行く程度だが、彼女はちゃんと飼い主が誰かをわきまえているようである。

「今夜はちょっと疲れちゃった……わかるね、ホワイト」

桜子はホワイトの両頬に左右の掌を当てて語りかけた。

この姿勢でお互いのぬくもりを伝え合うのが、桜子もホワイトもお気に入りだった。

「くうん」

淋しげに鳴くとホワイトは背を向けて廊下の向こうに去って行った。

ホワイトは桜子にとっていちばんの癒やしとなる存在だったが、今夜は遊んであげる元気はなかった。

浦上紗也香が毒殺された事実に桜子の神経はすっかり痛めつけられていた。

それでもシャワーを浴び、部屋着に着替えると、いくらか気分はやわらいできた。

いつになくＢＧＭも流さず、土岐の給仕で食事をとり始めた。

「ねぇ、土岐さん。事件のこと報道されている？」

土岐なら九時のニュースをチェックしているに違いないと思って尋ねてみた。

「浦上先生のご逝去が殺人事件であったことは報道されております。また、警視庁が二十代の男性を逮捕したとも報じています」

「実名は出ているかしら」

「いいえ、ただ、二十代の男性と報道されているだけで職業も出ておりません」

「そう……ありがとう」

食後には明日調査する予定の人たちにアポイントメントを取っておく必要がある。

だが、逮捕された被疑者が内藤弘之であると報道されていない以上、第三者に内藤の名前を出すことは許されなかった。

「いつもの赤ワインをちょうだい」

「かしこまりました」

ワインとともに夕食を済ませると、桜子はすぐに寝室に上がっていった。

紗也香からもらったCD－Rのことを思い出したが、疲れ切っていて取り出す気にはなれなかった。

いまはヴァイオリンや紗也香の事件から離れたかった。

ベッドに寝転んでフランソワーズ・サガンの『冷たい水の中の小さな太陽』のページをめくっているうちに眠気が襲ってきた。目は字面を追っているだけで内容は少しも頭に入ってこなかった。

いつの間にか桜子は寝入っていた。

夢の中で、月光に照らされた林の奥からモーツァルトの弦楽四重奏曲十四番が流れていた。

第二章　カピキオーニの響き

1

翌日、定刻の九時に事務所に出勤すると、足利をはじめとして全員が出勤していた。

「おはようございます。桜子さん、とんでもない事件に当たっちゃいましたね」

政志がいきなり新聞をひろげて近づいて来た。

――警視庁、演奏家の弟子を殺人容疑で逮捕！　女性ヴァイオリニスト、ステージ怪死の真相明らかに
いくぶん扇情的な見出しの下に警視庁成城警察署が内藤弘之を逮捕したことが書き立てら

れていた。紗也香と内藤の顔写真入りである。

「実名入りで報道されてしまっているのね」

桜子は小さくうなった。

もっとも遅かれ早かれ実名報道があるとは思っていたし、そうでないと、この先の調査が難しくなる。動機についてはなにも触れられていなかった。

「これは世間の注目を浴びますよ。なにせ美人ヴァイオリニストがイケメンのヴァイオリニストに殺されたんでしょ。ワイドショーのいい餌食ですよ」

後ろから彩音が興味津々の顔つきで新聞を覗き込んだ。

今日は小花柄がかわいいライトブルー系のチュニックのトップスに、白いコットンパンツをボトムスにしている。

「おや、武田くんはこの内藤みたいな男がタイプなんですか」

「少なくとも畠山さんよりはずっと素敵な感じ」

彩音は冗談でもないような口ぶりで答えたが、政志は柳に風と受け流した。

「まぁ、別に嬉しくも悲しくもないですけどね……ところで、桜子さん、受任したんですよね」

「ええ、今回は国選でなくて私選として受任したの」

「国選よりはマシですけど、桜子さん、弁護士会の目安通りの報酬しかもらわないからなぁ」

政志は嘆くように言った。

「あたりまえでしょ」

「それにしても派手な事件ですよね。ステージ上の殺人でしょ」

野次馬的な二人の会話は、桜子にはつらかった。

「被害者の浦上紗也香先生には、わたくしも中学生と高校生のときにヴァイオリンを教えて頂いていたのよ」

言葉にするのはあまりにも重すぎるできごとだったので事務所では話していなかった。しかし、内藤の刑事弁護人となった以上は黙っているわけにはいかなかった。

「えっ、桜子さんの恩師なんですか！」

政志は頬を引きつらせた。

「ごめんなさい……」

彩音は気まずそうに目を伏せた。

「いいのよ。話していなかったから……実は土曜日の現場にわたくしもいたの。コンサートのオーディエンスの一人だったのよ……その後、病院にも行ったの。面会謝絶でお目に掛かれなかったけど……八月二日のお通夜には伺うつもりよ」

　桜子は二人が気の毒になって、ことさらにやわらかい声音を出した。

　昨日の新聞に出ていた死亡広告で、紗也香の通夜は八月二日の日曜日、告別式は三日の月曜日と知った。

「お通夜は今度の日曜日ですか。ずいぶん先ですね」

「火葬場が空いていないそうなの。最近は半月待ちくらいは珍しくないみたいよ」

「へぇ……それまではドライアイス漬けか」

　政志はあわてて自分の口を掌でふさいだ。

「でもよく受けましたね。恩師を殺した男の弁護なんて」

　ノートパソコンのディスプレイに目を向けたままの姿勢で、吉良がねっとりとした調子で言った。

「被疑者の内藤さんはまったく身に覚えのないことだと主張しています」

「ほんとだ。新聞にもそう書いてありますよ」

　彩音が新聞を覗き込んで言った。

「殺人の否認事件ですか……また、手間の掛かる事件を受けましたねぇ」

　吉良はちょっと目を上げて嘆くような声を出した。

「否認事件に萌えますからね、この先生は」

政志がおもしろそうに言った。

「厄介なだけだろう。警察や検察官と対峙構造になるんだから」

「桜子さんは真実フェチですからね」

「なんだね。それは」

吉良はめがねの縁にちょっと手を掛けて訊いた。

「いや、冤罪事件となるとコスト度外視で、脇目も振らず真実探しに突っ走っちゃうんですよ。この人は」

「まったく以て愉快な方ですね、一色先生は」

吉良は唇を歪めて笑うと、それきり黙りこくってキーボードを叩き続けていた。

「どれどれ、わたしにも見せてくれんかね」

ソファで居眠りしていた所長の足利弁護士が立ち上がって政志から新聞を受け取った。

座り直すと、足利所長は紙面をローテーブルの上にひろげた。ポケットから取り出したステンレスボディのミニルーペで丁寧に記事を追っている。

「うん、これは一色くんに当たるべくして当たった事件だな」

新聞から顔を上げた足利所長はゆったりとした調子で言った。

「え……どういう意味ですか」

「だってそうだろう。下手をすると恩師の仇討ちになりかねないではないか」

「そんな物騒な」

桜子は足利の言葉に驚いた。

「そうとも、ある意味でとても物騒な事件だ。一色くんにとっては毒にも薬にもなる。内藤というヴァイオリン弾きが身に覚えがないのだとすれば、これは紛れもなく冤罪事件だ。しかし、一色くんは恩師を殺害した疑いの掛かっている内藤の主張をどこまでも信じられるかね」

「信じたいと思っています」

足利所長は静かにあごを引いた。

「いま、一色くんは内藤の無罪を信じている。だから内藤の弁護をすることは真犯人を探すことにつながり、恩師のためになると思っているだろう。でも、内藤は後からやっぱり自分がやったのだと言い出すかもしれないよ」

桜子は絶句した。

「そうだとしても、一色くんは今度は内藤の罪をできるだけ軽くするための弁護をしなければならない。弁護人は被害者のために弁護をするものではない。被疑者・被告人のために弁護をする職務なんだ」

「おっしゃるとおりだと思います」

桜子の声はかすれた。

「いいかい、恩師を殺した犯人の弁護なんだよ。君にはその最悪の場合の覚悟はできているかね。もし、内藤が真犯人だったら弁護はできないというのであれば、この弁護は引き受けるべきではない」

足利所長は桜子の目をじっと見つめた。

所長の言葉はすべて正しい。弁護士としてこんな難しい事件はないだろう。

桜子はこの課題から逃げ出してもよいのだろうか。

無罪であるにもかかわらず、桜子が弁護を引き受けなかったために、内藤がきちんとした弁護を受けられずに冤罪で有罪となってしまったら……。

言うまでもなく内藤は不幸のどん底に突き落とされる。これから先の人生を恩師を殺した男というレッテルを貼られて生きていかなければならなくなる。一方で真犯人は永久に罪を免れることになってしまう。真実は永遠に闇の中に葬り去られる。

決して納得できることではない。

しかし、自分の直感が間違っていた場合には、私情を捨て去って真犯人である内藤のために最大限の弁護をしなくてはならないのだ。

いまこそ自分の弁護士としての覚悟と能力が試されているのだと感じていた。

しばし室内には沈黙が続いた。

(内藤が無罪だという自分の直感を信じよう)

桜子の心は決まった。

「わかりました。内藤さんが真犯人だとしても弁護士として精いっぱいの力を尽くします」

かるくほほえんで足利所長は言葉を続けた。

「これはひとつの試練だね。感情的になってはいけない。だが、熱情を失ってもいけない。

それが我々の仕事だからね」

「お言葉大切にしたいと思います」

桜子の言葉でこの話はいったん終わったような空気が漂った。

「畠山さんのコーヒー飲みたい人は?」

彩音がことさらに明るい声で一同に尋ねた。

だが、誰一人として声を発する者はなかった。

「まぁ……どうせ修業が足りん僕ですから」

ペロリと舌を出した政志を、足で蹴る真似をして彩音は給湯室へ向かった。

彩音が淹れてくれた美味しいコーヒーを飲みながら、桜子は最初の調査対象に連絡を取ることにした。

犯行のあったときにステージにいた残りの二人、ヴィオリストの遊佐茉里奈とチェリストの逸見繁則の二人である。

この二人には早く会って、少しでも当日の事情を知りたかった。それはまた、内藤弘之の発言の真実性を確認することにもつながる。

内藤の無実を直感してはいたが、裏を取る必要があるのは言うまでもない。

ウェブで検索を掛けてみると、二人ともサイトを運営しており、「お仕事のご依頼はこちらまで」と記された連絡用の投稿フォームも設けてあった。

桜子は自分が内藤弘之の弁護人であることと、至急連絡を取りたいので返信か電話をほしい旨を書き込んで送信ボタンを押した。

消極的だが、いまはとりあえずこの方法を採るのがもっとも妥当なように思われた。

しばらくほかの民事事件の起案などをしているうちに十時半になった。

今回も担当検察官に勾留請求しないように交渉するつもりだった。

殺人事件でかつ否認事件である以上、どんな理由を述べ立てても検察官が勾留請求しないことはあり得ないし、裁判官が請求を認めないことも考えにくかった。

しかし、検察官への牽制の意味はあると思っている。

前回の事件で足利所長に教わったことだった。所長は「小うるさい弁護士が付いてるって、検事にアピールしておくんだよ」と言っていた。

桜子は勾留請求阻止の取り組みを「お名刺代わり」と考えることとした。

受話器を手に取り、地検の番号をメモリーしてあるボタンを押した。

「東京地方検察庁です」

若い女性の声が耳元で響いた。

「弁護士の一色と言います。担当検事に連絡を取りたいのですが」

「被疑者名、逮捕日、留置されている警察署を教えてください」

「内藤弘之、逮捕日は昨日の二十八日です。成城警察署に留置されています」

「しばらくお待ちください」

いつもながらてきぱきとした調子で、その場でキーボードを叩く音が響いた。

「本日送検の事件ですね。担当は刑事部の細川勝行検事です」

「あら……」

思わず声が出た。

腐れ縁というのだろう。殺人事件を受任したのは二度目なのに、二度とも勝行とかち合うとは。

　細川勝行は司法修習所の同期で、実務研修場所も一緒になることが多かった。その上、桜子は勝行の胸部大動脈瘤が破裂しそうな状態のときにこれに気づいて救急車を要請して一命を救ったことがある。それから勝行は桜子を生命の恩人と呼んでいる。

「細川検事におつなぎしてよろしいですね」

　女性のけげんな声に桜子はあわてて答えた。

「はい、お願いします」

　しばらく保留音が続いて勝行の明るい快活な声が受話器から響いてきた。

「あれれ、桜子ちゃん」

　桜子は苦笑を禁じ得なかった。女性をちゃん付けで呼ぶのはセクハラだと何度教えればわかるのだろう。

「おはようございます」

　仲がよいだけにあえて素っ気ない声であいさつした。

「朝からデートのお誘い？」

　そんなわけはないことは、勝行自身がいちばんよく知っている。

「あり得ないから……」

「こんな時間に電話してくるってことは……まさか……」

「そのまさかです」

しばし間があった。

「本日送検の内藤弘之に関する件でしょうか」

勝行はわざと事務的な声を出している。

「はい、お願いしたいことがあってお電話申しあげました」

桜子の声が宙に残っているうちに受話器から素っ頓狂な声が聞こえてきた。

「ダメ、ダメ。ダメ。ダメだよ」

勝行の声がやかましく響いた。耳が痛い。

「まだなにも言ってないけど」

「最初から言っておくけどね。情報は出さない。勾留請求はなにがあっても引き下げない。

一色弁護士と会う用件はない」

勝行はいつになく強硬に突っぱねた。

顔の前で手を振る勝行の姿が見えるような気がした。

「わたくしが申し述べる言葉がないではないの」

桜子はいささか鼻白む気持ちで言った。

「そうでしょ。だからなにも言わずにお引き取りください。電話切りますよぉ」

「嫌な言い方ね。まるでわたくしが電話セールスでもしているみたい」

だが、勝行はひるまなかった。

「電話セールスよりタチが悪いよ」

「ひどい。それが長年の友人に言う言葉？」

「んー、とにかく来ても無駄だからね」

「わかりました。今日は伺いません」

「ずいぶん聞き分けがいいじゃないの。お利口さんっ」

勝行は薄気味の悪い声を出した。

「今日は、と言っただけよ。明日は伺いますからね」

「おい、ちょっと待ってくれ。明日もダメだよ」

あわてた声が響いた。

「なにかしらお土産持っていきますから」

「んーと、僕は《モン・ペリエ》の木苺（きいちご）と紅茶のクレムーがいいなぁ……って食いもんで釣る気かよ」

勝行は鼻からふんと息を吐いた。

弁護士が担当検事にお菓子などを持っていけるわけはない。むろん、勝行は冗談で言っているのだ。

「そういうお土産じゃありません。有益な情報をお持ちします」

「え……なんか摑んだの？」

「それは会ってのお楽しみよ」

もちろんハッタリである。いまのところ、勝行が喜びそうなネタはなにひとつ持っていない。

「だから会う気はないって言ってるでしょ……そうだ、キミを参考人として呼ぶなら考えてもいいんだぜ」

「細川くん、いったい何を言ってるの？」

「事件の直前に被害者の浦上紗也香と会っているだろ？」

桜子はちょっと気抜けした。

「警備員さんの持っていた名簿を調べたのね」

別段、驚くことではない。

「そうだよ。あの日、出演者以外で楽屋に入ったのは、結局、キミ一人だからね。内藤を逮捕できてなきゃ、キミを逮捕するところだ」

勝行はさもおもしろそうに言い放った。

「犯行当時、わたくしは客席にいたのよ」

「だがキミは《モン・ペリエ》のガトーショコラの差し入れまでしている」

「なんでわたくしの差し入れだとわかったの？」

「あの日、キミ以外に浦上の楽屋を訪れたのは共演者の蒲生和秀教授と仁木祐子だけだ。事情聴取したら、二人が楽屋を出たときにはガトーショコラなんてなかったそうだ。とすれば、贈り主はキミしかいないだろ」

「やめてよ。毒なんて入れないわよ」

「パリトキシンが混入していないことは調べたよ。おまけに浦上紗也香はあのガトーショコラには手を付けていなかった」

「そうだったの」

「意識を失う前に彼女は医師に対してクロワッサンとコーンスープ、ハムのブランチを十時頃にとっただけだと言っている。都合のよいことに、残菜が浦上の部屋の流しの三角コーナーに残っていたんだ。これらからも毒物は検出されなかった。浦上は口から毒物を入れていないと思量できるのさ」

「そこまで調べたのね」

「ステージ上の犯行でよかったね。ま、この先、キミのところに捜査員が何か聴きに行くことはあるかもしれない」

「お話しすることはとくにないと思うけど」

「ところで楽屋を訪ねるとは、浦上の熱烈なファンだったのかい」

「ヴァイオリンの恩師なのよ」

「そうか……気の毒だったね」

勝行はちょっと声を落とした。

「ありがとう」

「それなのに、内藤弘之の弁護を受任したとはね」

「当番でたまたま当たっちゃって……でも、内藤さんが無実だと信じているから、心置きなく受任できたのよ」

「へぇ、そいつは驚いた。じゃまた」

勝行はそそくさと電話を切ろうとした。

「明日、またお電話します」

「デートのお誘いなら携帯のほうにちょうだい。電話切るからね」

「あ、待って」

だが、それきり電話は切れてしまった。

「細川検事、会ってくれないみたいですね」

政志が気の毒そうに言った。

「けんもほろろっていう言葉はこういうときに使うんじゃないのかしら」

だが、桜子は必ず勝行に会って話を聞くつもりでいた。

（そうだ。毒のことを調べなきゃ……魚から抽出したという話だけど）

パリトキシンで検索を掛けて桜子は目を瞬いた。

ある医科大学病院のサイトには次のような記載があった。


――パリトキシン（ＰＴＸ）は、海産毒素の一種。非ペプチド性の化合物ではマイトトキシンに次ぐ毒性を持つ。（中略）ハワイの先住民族では、矢毒として用いられていた。

――発症までの時間は三〜三十六時間とされる。（中略）横紋筋融解症による激しい筋肉痛や呼吸困難、全身痙攣、腎障害などの症状が見られるほか、冠状動脈に対して極度の収縮作用があって致死原因のひとつとなる。

ほかのサイトではフグの毒として知られるテトロドトキシンの十倍の毒性との記述もあって、スナギンチャク、アオブダイ、ソウシハギなどに含まれているという。

内藤が沖縄で釣った魚から抽出した点が逮捕理由のひとつだったが、これらの海産生物はあたたかい海に生息しているらしい。

彩音が自分の席から身を乗り出して告げた。

「遊佐さんっていう女性から電話が入ってますけど」

「電話してきてくれたのね」

桜子は小さく叫んだ。こんなに早く反応があるとは思っていなかった。

「お電話代わりました、一色ですが」

弾んだ声が抑えられなかった。

「ウェブサイトのフォームにご投稿頂いた弁護士さんですよね」

澄んだ高めの声だった。いくぶん緊張しているのが受話器を通して伝わってくる。

「はい、一色桜子と申します。お電話ありがとうございます。遊佐茉里奈さんですね」

「ええ……あの……弘之くん、大丈夫ですか」

茉里奈の声はわずかに震えていた。

内藤を心配していることが伝わってくる。

くん付けで呼ぶところを見ると、内藤とは親しい間柄のようである。

「昨日、警察署に行ってきましたが、比較的落ち着いています」

「先生が弘之くんの弁護をなさるんですね」

「はい、弁護依頼を受けましたので、わたくしが弁護人となります」

「弘之くんが浦上先生をだなんて……そんなことあり得ません」

かすれ声で茉里奈は訴えた。

「内藤さんご本人もそう言っています」

「彼は人を殺すような人間ではないんです。それに、弘之くんは浦上先生をこころから尊敬していました。これはなにかの間違いなんです」

「警察が間違えていることもあり得ます」

真実がなにかもわからない以上、冤罪だと言い切るわけにはいかなかった。

「先生も弘之くんを信じていますか」

「信じなければ、正しい弁護活動はできないと考えております」

「よかった」

茉里奈はほっと息をついた。

内藤と茉里奈の間には信頼関係が見える。

情報提供には期待できそうだ。

「お忙しいとは思いますが、お目に掛かっていろいろとお話を伺いたいのです」

「夕方から仕事が入っていますので、お昼過ぎぐらいまでなら」

「どちらへでも伺います」

「では、自宅へ来て頂けますか。できるだけレッスンの時間を確保したいので」

時間は取られるが、やむを得ない。

「ご自宅はどちらですか」

「川崎市多摩区です。専修大学生田キャンパスの近くです」

「ちょっと場所を確認しますね」

受話器の送話部分を手でふさぎ、とっさに政志に頼んだ。

「専修大学生田キャンパスまで車でどれくらい掛かるか調べて」

「十五キロくらいですかね。混んでいても一時間は掛からないと思いますよ」

スマホを取り出した政志がすぐにチェックしてくれた。

「ではお昼前に伺いたいのですが」

「わかりました。住所は多摩区枡形……」

茉里奈が伝える住所を桜子は手帳に書き記した。

電話を切って政志と目が合うと、弾(はじ)かれたように椅子から立ち上がった。

「僕は忙しいですからね」

政志は顔の前で激しく手を振って早口で言葉を継いだ。

「関下管工(せきしたかんこう)の強制執行の申立の件と、洗足(せんぞく)の中村さんの相続の件と……えーと、それから……」

「わかった。今日は一人で行くわ」

「ですよねぇ」

「そのうちお願いすることがあるかもしれないから……」

もし、逸見繁則から連絡があった場合、すぐに電話してほしいと彩音に告げて桜子は出かける支度をした。

2

土岐に電話を入れると、すぐにアルナージが事務所の前に姿を現した。

「多摩沿線道路と申します多摩川右岸沿いの道は空いておりますので、三十分で参れましょう」

土岐が請け合ったとおり、丸子橋を渡り終わるまではかなり混雑していたが、多摩川の堤防沿いに続く道は信号が少ないせいか、かなりスムースに移動することができた。

八王子から相模原方向の青い空に入道雲がもくもくと湧き上がっている。

夏本番だが、多摩川を渡るだけで遠景の雰囲気がずいぶんと変わるものだと桜子は新しい発見をしたような気持ちになった。

伝えられた住所に近づくと、茉里奈の家はすぐにわかった。

専修大学生田キャンパスの建つ生田緑地を背後に控えた、小ぎれいな赤い屋根の洒落た一軒家だった。

家の前の道路は狭いので、土岐には適当な場所で待つように伝えて、桜子はクルマを降りた。

ドアチャイムを押すと、すぐに茉里奈本人が現れた。

「ご機嫌よう。弁護士の一色です」

「わざわざこんな処までお越し頂いて申し訳ありません」

茉里奈は小花を散らしたボタニカル柄のふわりとした白いコットンワンピース姿だった。

豊かな家庭の若奥さまといった雰囲気を漂わせている。

「いいえ、いきなりのお願いなのに、お時間を作って頂いて恐縮です」

いる。

「狭い家ですがどうぞ」

リビングに通されると、掃き出し窓の向こうに蔬菜畑を通して緑陰の濃い林がひろがっている。

ナチュラルウッドの盆に載せた紅茶を、茉里奈本人が運んできてくれた。

ジノリのカップの横には手作りらしいクッキーが添えられていた。

茉里奈は三十代に入ったところだろうか。

きめが細かい白い肌にちまちまとした小作りな目鼻立ちは日本人形を思わせる。

ヴィオリストらしいおっとりした雰囲気を持っていて、育ちのよさを感じさせる女性だった。

ヴィオラは弦楽四重奏ではどちらかというと地味な存在である。さらに二挺のヴァイオリンの生み出す音をしっかりと受け止めてハーモニーを創ってゆかなければならない難しさもある。

専門的なことはわからないが、ヴィオラ奏者は、温厚で人と人をつなぐような性格の人物が向いているように桜子は思っていた。

「きれいな先生、映画に出てくる弁護士さんみたいね」

ソファに向かい合って座った茉里奈は桜子の顔をまじまじと見て言った。

「あら、ありがとうございます……とても閑静で素敵な環境ですね」

桜子は何気ない話題から切り出した。

「近くに人家が少ないほうが気兼ねなく練習できますので……夫はもっと便利な土地を望んでいたのですけれど、わたしが無理押ししてこの家を中古で手に入れました」

「ご主人さまはおつとめですか」

「はい、西新宿の建築事務所につとめております」

「建築士さんですか」

「ええ、なので中古でもよい家には目が利くと威張っておりまして」

小さく笑って、茉里奈は紅茶を注ぎ足してくれた。

「まったくの偶然なのですが、わたくし、浦上先生にヴァイオリンを習っておりましたの」

「まぁ、あなたも浦上先生のお弟子さんなんですか」

茉里奈は驚きの声を上げた。

「弟子と名乗れるほどではないんですが、中高生のときに個人的にご指導頂いておりました」

「わたしは金沢市の出身なので、あちらの先生にご指導頂いていました。でも、それでしたら、一色先生と弘之くんとはきょうだい弟子というか同門なんですね」

茉里奈は好意的な笑みを浮かべた。

「そうなんですが、才能がないので高校卒業と同時にあきらめてしまって」

桜子は照れ笑いするしかなかった。

「でも、弁護士さんだなんてすごいですね」

「いいえ……わたくしには遊佐さんのように音楽の才能をお持ちの方がうらやましいです。土曜日の演奏も素晴らしかったです」

「世田谷芸術館にお見えだったんですか」

茉里奈は淋しげに目を伏せた。

「ええ……ステージでのできごとはすべて拝見していました」

感動から驚きと悲しみに変わったあのステージは思い出す度に胸が苦しくなる。

茉里奈も同じ気持ちなのだろう。

二人はそのときのことについてそれ以上は言葉を交わさなかった。

「弘之くんも幼い頃からヴァイオリンを学んでいましたが、小学生のときには、児童生徒を対象としたいくつかのコンクールで入賞した経歴を持っています。その頃は『天才ヴァイオリン少年』などと呼ばれていました。やがて日芸大に進み立派にプロの演奏家となったわけです。純粋に音楽だけに人生を懸けて来た弘之くんが、その育ての親である浦上先生を手に掛けるなんて、あり得ないことだと思っています。一色先生、弘之くんは濡れ衣を着せられたのではないのでしょうか」

いくぶん激しい口調で茉里奈は言った。

「本人もあり得ないことだと主張しています」

わずかの間、沈黙が流れた。

いきなり茉里奈が桜子の目を見て思いきったように口を開いた。

「わたしが警察に言ったことがもしかすると、逮捕につながったのかもしれないんです」

茉里奈の声は悲痛に響いた。

「どんなことを言ったんですか」

手帳を開きながら、桜子は訊いた。

「弘之くんと浦上先生が口論していたと言ったのです」

紗也香が口論するとはきわめて珍しい。

「口論……いつのことですか」

桜子は身を乗り出した。

「土曜日のリハ前です。逸見さんがいくらか遅かったので、楽屋にはわたしと弘之くんしかいませんでした。ちょっとトイレに行って戻ってみると、ドアの内側で浦上先生の激しい声が聞こえたのです」

「どんな内容かわかりますか」

桜子は自分の喉の鳴る音を聞いた。

「ええ、わたし、いけないことだと思いながら、つい聞き耳を立ててしまったので……」

茉里奈は頬をうっすらと染めた。

「教えてください」

「弘之くんが最近買ったヴァイオリンのことで浦上先生が怒っていらっしゃったのです。『カピキオーニなんて買えるレベルじゃないでしょ』って声がはっきり聞こえました」

「あ……」


――腕が追いつかないのに高価なヴァイオリンをほしがる演奏家もいてね。

紗也香のいつになく激しい口調が桜子の胸に蘇った。

あの日、桜子が紗也香に会ったのは、リハーサルの後である。内藤のことを指していたと考えてほぼ間違いはない。

二人の間に感情のもつれがあったことは事実のようである。

「どうかしましたか」

茉里奈はけげんな顔で桜子を見た。

「いいえ、続けてください」

「そしたら弘之くんが『先生は僕の力をちっとも認めてくださらない』って泣くような声で答えて……先生は『高価な楽器は自己顕示欲や宣伝のために持つものじゃない。本当にその楽器の生み出す音に魅入られ、その楽器の個性を愛するからこそ自分のものとすべきよ』と戒めていらっしゃいました」

「浦上先生らしいお言葉ですね」

茉里奈はあいまいな表情でうなずいた。

「でも、その後で浦上先生らしくないこともおっしゃっていたんです」

「どんなことですか」

「ずいぶんと激しい言葉でした。『わたしの忠告を無視するようなあなただとは思わなかった』と言ってたんです。それで弘之くんが『でも……カピキオーニは僕にとっては大事な楽器なんです』って答えたら『そんなに聞き分けがないならあなたとの縁を切るしかない』って」

桜子は驚いた。とても紗也香の言葉とは思えなかった。

「そしたら弘之くん、すすり泣き始めちゃったんです。それ以上は先生もなにも言いませんでした」

「言い争いはそこまでだったのですね」

茉里奈は静かにあごを引いた。

「口論が終わったんで、わたしあわててドアから離れたんです。すると、真っ青な顔の浦上先生が出ていらして、ご自分の楽屋に戻ってゆかれました」

「その後の内藤さんはどんなようすでした」

「どうしたのって訊くと『先生に縁を切るって叱られちゃったよ』って恥ずかしそうにうつむいて……でも、それで先生を恨んでいるとか、そういった雰囲気は少しも感じませんでした。むしろ、恥じ入っているような顔つきでした。そこで逸見さんが顔を出したので、カピキオーニの話はそれっきりになりました。リハのときの浦上先生と弘之くんはとくにいつもと変わったようすは見られなかったんです」

「ひとつ確認したいのですが、その後で内藤さんが浦上先生の楽屋を訪ねるなどして、口論が再開するようなことはなかったのですね」

「ええ、弘之くんはすっかり意気消沈していましたし、浦上先生のところに行くようなことはなかったですね」

「警察にも同じお話をなさったんですね」

「成城警察署には月曜日に呼ばれました。それで、弘之くんのことをいろいろ訊かれたんで、いまの話をしちゃったんです」

茉里奈は唇を大きく震わせている。

「事実を話すのは正しいことです」

やわらかく諭すように桜子は言ったが、茉里奈の興奮は収まらなかった。

「でも、まさか弘之くんが逮捕されるだなんて思ってもいなかったんです。わたしの話のせいで彼が逮捕されたんじゃないですよね。もしそうならわたしどうすればいいのか」

茉里奈は苦しげに喉を詰まらせた。

「大丈夫です。警察はあなたのお話で逮捕したわけではないのです。動機について警察は内藤さんになにも告げていません」

「本当ですか」

茉里奈の顔が少し明るくなった。

「内藤さんが逮捕されたのには、ほかに理由があるのです」

「そうですよね……そんな不確かなことで逮捕しませんよね。それにわたし、警察には言ったんです。弘之くんが浦上先生を殺すほど恨んでいたとは絶対に思えないって」

自分に言い聞かせるように茉里奈は言った。

「いまお話しになったことは後々、証言して頂く可能性もあります。できるだけ正確に覚えておいてくださるとありがたいです」

「はい、わかりました」

茉里奈は真剣な顔つきでうなずいた。

「ところで……カピキオーニはどんなヴァイオリンなのですか」

桜子はその名を知らなかった。

ストラディバリウス、ロッカくらいは桜子も知っていたが、楽器は紗也香や前の先生に言われるままのものを購入してきた。だから、ヴァイオリンの銘器についてはあまり知識がなかった。

「マリノ・カピキオーニは二十世紀の半ばから後半に掛けて活躍したイタリアの著名なヴァイオリン製作者です。カピキオーニの遺（のこ）した楽器はモダン・イタリアン・ヴァイオリンの代表的な存在として扱われています。とくに一九五〇年代から六〇年代に掛けてが黄金期と言われています。フェリックス・アーヨ、ダヴィッド・オイストラフ、ピーナ・カルミレッリ、ユーディ・メニューインなどカピキオーニを愛用したヴァイオリニストは数多いです。ヴィオラ奏者でもあるサルヴァトーレ・アッカルドも使っています。話せば長くなるのですが、簡単に言うとこんな楽器です」

　さすがヴィオリストだけあって、茉里奈は詳しい知識を持っていた。

「その……お値段はどれくらいになるのでしょうか」

「これはまぁ楽器の個体ごとにさまざまですので、ひと言では言えませんが、まともな保存状態のものであれば少なくとも一千万円は下らないでしょう」

「内藤さんはそんな高い楽器を購入したんですね」

「ええ、一ヶ月ほど前に銀座の弦楽器専門の楽器商から買ったはずです」

「では、土曜日もそのカピキオーニを弾いたんですね」

「もちろんですよ。買ったばかりの楽器に慣れてゆくにはちょうどよいミニマムなコンサートでしたから」

「ではわたくしもその音色を聴いているわけですね……ところで、仮に一千万円だとして、そんなに分不相応なヴァイオリンなのでしょうか」

「うーん、弘之くんはまだプロとしてのきちんとした経験は三年だから、ちょっと贅沢な気はしますね。でも、プロならばいつかはそれくらいの楽器を手にするのもあたりまえだと思うんですよ。だから、浦上先生、ずいぶん厳しいことおっしゃるなとは思いました」

　桜子もまったく同感だった。

「わたくしも、先生らしくないと思うのです」

「そうですねぇ、わたしも実はちょっと意外な気がしました。浦上先生はとてもおおらかな方でしたから。まぁ、音楽や演奏には厳しい面もお持ちでしたが」

「わたくしが存じ上げている先生もやさしくて思いやりにあふれた方でした」

桜子のこころのなかに残った違和感は消えなかった。

「続いて当日のことなんですが……」

桜子は警察が考えている犯行態様について説明した。

「要するに警察はあの真っ暗ななかで、内藤さんが浦上先生に毒物を注射したと考えているわけです。果たしてそんなことが可能でしょうか」

「絶対に不可能ではないと思います。第一ヴァイオリンと第二ヴァイオリンの距離は数十センチしか離れていませんから、弘之くんが手を伸ばせば浦上先生の身体に届いた可能性はあります」

「では、実際にヴァイオリンや弓を床に置いてポケットから注射器を取り出す……そんな気配を感じませんでしたか」

「いいえ、少なくともわたしは感じませんでした。もっとも、あの暗闇のなかでわたしの意識はひとえに浦上先生の演奏に向けられていました」

「わたくしも驚きました、あんなことができるなんて」

「我が国にも盲目のハンデを乗り越えてプロのヴァイオリニストをなさっている方もいらっしゃいますが」

「そういえば、なにかの記事で読んだことがあります」

「歴史に残るオルガン奏者であるドイツのヘルムート・ヴァルヒャも全盲でした。しかし、これらの演奏家はたいてい幼い頃から血のにじむような訓練を続けています。また、目が見えないことから直感力を鍛えています。突然暗闇が襲ったのにもかかわらず、浦上先生は十六分休符一つの間隔も開けずにモーツァルトの十四番を弾き続けました。技術力でも精神力でもわたしなどには信じられないほどすぐれた方です。本当に惜しい音楽家を失いました」

茉里奈はしばし瞑目した。

「大変失礼なことを伺いますが、あなたには犯行のチャンスはなかったのでしょうか」

「無理です。浦上先生とわたしの間には弘之くんが座っているわけですし、立ち上がって歩み寄らないと浦上先生には届きません」

疑いをかけられていることをまったく意に介していない茉里奈の顔だった。

「とすれば、チェロの逸見さんの位置ではさらに困難ですね」

「もちろんです。サイズ的にも大きなチェロを床に置いて席を立てば、いくらわたしでも気づきます。まず第一に浦上先生が気づきます」

　どう考えても、三人の演奏家のなかで紗也香に注射器を向けられた人物は、内藤以外には存在しなかったと考えざるを得ない。

「では、あの暗闇の時間に舞台の袖から誰かがステージに忍び寄った可能性は？」

「そんな気配は感じられなかったですね。時間的にも一分半くらいでしょうし、気づかれずに犯行を済ませて再び袖に戻るなどということは誰にもできないでしょう」

　とすればやはり、内藤の犯行なのか……。

「照明が回復したときにも、浦上先生は自分が注射されたことに気づいていなかったと思われますよね？」

「ええ、ドヴォルザークの『アメリカ』に入ることを、すぐにわたしたちに指示されたくらいですから」

　その時のことを思い出したのか、茉里奈はつらそうに目を伏せた。

「鋭敏な感覚をお持ちのヴァイオリニストである浦上先生が、いくら非侵襲式注射器と言っても、毒を注入されたことに気づかないなんてことがあり得るでしょうか」

　これは素朴に疑問に思い続けていたことだった。

「ステージの上の演奏者は異様な興奮状態にあります。おまけにあの暗闇ですから、意識がほかにいかないことも考えられると思います」

「なるほど……」

「わたしたちプロの意識は演奏のみに向けられているものなのです」

おっとりとしていた茉里奈はすっかり音楽家らしい表情に変わっていた。

訊くべきことは聞き尽くしたように感じた桜子は、この家を辞去することにした。

茉里奈は玄関の外まで送ってくれた。

「今日はいきなりお邪魔して申し訳ありませんでした」

「いいえ、先生とお話しできて本当によかったです。口論のことが逮捕の理由じゃないって伺えて、わたし今夜からちゃんと眠れます」

「まったく気になさらなくていいと思います」

「もし、わたしにできることがありましたら、いつでもご連絡ください。連絡先はここに書いてあります」

茉里奈はカラー刷りのデザイン名刺を渡してくれた。こうした申し出は刑事弁護人にとっては大変にありがたい。

弁護士の力は、警察・検察と比べて圧倒的に小さい。そもそも刑事事件における弁護士の調査にはなんの強制力もない。すべては調査対象者に協力をお願いするしかない。

「またお話を伺うことがあるかもしれません」

「よろしくお願いします。一日も早く弘之くんの無実が明らかになることを祈っています」

茉里奈は最後まで内藤のことを心配していた。

「わたくしもできるだけの力は尽くします。では、ご機嫌よう」

桜子は茉里奈に好感を抱いて、遊佐邸を辞去した。

アルナージに戻った桜子は世田谷芸術館に電話を入れた。

現場を一度は見ておきたかったのである。

「世田谷芸術館ですが」

すぐに若い男性の声が耳元で響いた。

「わたくし弁護士の一色と申します。受任している事件の関係でそちらのステージなどを見せて頂きたいのですが」

「あの土曜日の事件ですか」

男性は硬い声で訊いた。

「そうです。わたくし被疑者の弁護人をつとめております。すでに警察の規制線などは外れていますか」

「ええ、警察の捜査は終わりました。昨日までは臨時休館しておりましたが、今日は館内清掃などをしております。明日からは通常通りに公演が入っております」

「では、これから伺いたいのですが」

「承知しました。管理室にお声を掛けてください」

「一時間以内に伺います。では、よろしく」

桜子が電話を切ると、アルナージが静かにスタートした。

「世田谷芸術館ですと、三十分以内で到着するかと存じます」

土岐が背中越しに知らせてくれた。

*

多摩水道橋を渡るところでは少し混雑していたが、世田谷通りは順調に流れていて世田谷芸術館には三十分掛からずに着くことができた。

指示されたとおり、正面入口から入って右横の管理室を訪ねた。

電話に出た男性なのだろう。桜子と同年輩のワイシャツ姿の職員がガラス戸を開けて顔を出した。人のよさそうな痩せぎすの男性であった。後ろでは二人の若い女性がパソコンに向かっていた。

「お電話した一色です」

桜子が名刺を差し出すと、男性も胸ポケットからなにかのマークが入った名刺を差し出した。

「ご苦労さまです。地域振興課の飯尾（いいお）です」

「ステージと楽屋を拝見したいのですが」

「まだ部分的には清掃中ですが、よろしければご案内致します」

飯尾が先に立って歩き始め、ホールの遮音扉を開けてくれた。

高い場所から照明が点されたステージを見て、桜子の胸は激しく収縮した。

紗也香が倒れたときの光景が脳裏に蘇って桜子を突き刺した。

だが、自分は弁護士としてこの場所に立っているのだ。調査を開始しなければならない。

そのまま階段を下りた飯尾は、ステージの方向へ歩みを進めてゆく。

桜子は気を静めて、飯尾の後を追った。

ステージ上ではそろいの薄いブルーのポロシャツを着てキャップをかぶった三名の清掃員が忙（せわ）しげに立ち働いていた。委託している清掃業者の人々らしい。

設置されたステージステップの上手（かみて）側を登る。

紗也香が倒れたその場所へ桜子は初めて足を踏み入れた。

実際に登ってみたステージは思っていたよりも広いように感じた。

「土曜日の本番で、四重奏楽団のメンバーがどの位置に座っていたかを確認できますか」

飯尾は床板へ目をやって、さっと何かを確認した。

「バミリそのままにしてください」

飯尾はまわりにいた清掃員たちに声を掛けた。

清掃員たちはいちようにうなずいた。

「あのテープが椅子の置いてあった位置になります」

ステージの中央部あたりに八ヶ所、赤いビニールテープが貼ってあった。

「あの目印をバミリっていうんですね」

「ええ、『場を見る』ってとこから出てる言葉らしいです。道具の置き場所や役者の立ち位置などの目印として貼ります」

「知りませんでした」

そこへ年かさらしい清掃員がモップ片手に近寄ってきた。

「主任さん、椅子を持ってこようか」

「ああ、すみませんね。こちらは土曜日の事件を担当していらっしゃる弁護士の先生です」

「バッジ付けてるからわかるよ。若いのに感心だねぇ」

年かさの清掃員が下手の袖からピアノ椅子を両手に提げてきた。

桜子も発表会などでピアノ椅子に座って演奏した記憶があった。高さ調整がしやすいわりにはコンパクトであるために使われるのだろう。

ほかの二人も椅子を手にしていた。

「このおっちゃん、美人だとやたら親切なんだよ」

後ろにいた年輩の女性清掃員が男性の肩を叩くと、かたわらの若い女性清掃員も声を立てて笑った。

「なに言ってるんだ。俺は事件の解決に協力してんだ」

「いいから椅子を置きなよ」

清掃員たちは赤いテープに合わせて椅子を手早く並べてくれた。

あのときの四つの椅子の位置が再現された。

パッと見ただけでも、茉里奈と逸見が犯行を遂行するのは著しく困難だと思われた。

では、内藤はどうか……。

桜子はバッグからメジャーを出して椅子と椅子の間の寸法を測ってみた。

それぞれ約五十センチだった。

内藤が腰を浮かせて手を伸ばせば、紗也香にじゅうぶんに届く。

かるい失望を感じつつ、桜子はステージ全体を見まわした。

左右の袖はそれぞれ十メートル以上は離れていると思われた。

瞬時に近づける距離でないことは言うまでもなかった。

「ありがとうございます。椅子はもうけっこうです」

桜子は清掃員たちに向かって礼を言った。

「いやぁ、お役に立ててよかったです」

年かさの男性清掃員が目尻を下げた。

「さっさと片付けるよ」

年輩の女性清掃員は男の背中をどやしつけた。

三人は椅子を提げて下手へと消えた。

「ところで、あのとき照明が落ちた理由についてなんですが……」

「わたしらが判断することじゃないけど、いちおうの答えは出てますよ」

飯尾は歯切れよく言った。

「本当ですか！」

「上手の袖に行ってみましょう」

飯尾の後について袖に入った桜子の胸は弾んでいた。

ステージとは打って変わった黒っぽい壁が蛍光灯の照明で照らされている。

いささか薄暗い上手の袖には、数メートルもある無骨な骨組みのパネルが何枚も立てられている。足元にはきれいに巻かれた黒いケーブルがいくつも置かれていた。さらに壁際にはいくつかの機材が置かれたり、何本ものスタンドが立てられたりしていた。

「こちらの階段を下ります」

黒く塗装されたスチール製の三段ほどの階段を下りると、袋小路の狭い通路となっていた。

突き当たりの壁にやはり黒く塗装されたスチール製のボックスが設置されていた。

横幅六十センチ、高さ四十五センチくらいのボックスには「ホール照明」と表示されている。「これはステージだけでなく、ホール内の電源を管理するための分電盤のボックスです」

飯尾はニッケルメッキされた小ぶりのハンドルを廻して蓋を開けた。

内部はベージュの粉体塗装が施され、ブレーカーやスイッチが並んでいる。

スイッチの下に貼られた「ステージR」「ステージL」「舞台袖上手」「舞台袖下手」「客席1」「客席2」などの表示が目を引いた。

「ここでホールの灯りを操作できるのですね」

「はい、ロビーや管理室は別ですが、ステージと観客席、舞台袖の照明はこの分電盤で管理しています。隣をご覧ください」

左隣にはＡ４判くらいの小さな黒いボックスが設けられていて分電盤との間を灰色の太い

ケーブルが結んでいた。

「これは?」

答える前に飯尾はボックスの蓋を開けていた。

内部にはベージュの樹脂でできたハガキ大ほどの機器が埋め込まれていた。液晶窓がひとつ設けられていて現在の時刻が表示されている。

「デジタル週間タイムスイッチです。右の分電盤を一括制御できる装置です。一週間のスケジュールが組めてホール内電源のオン・オフができる仕組みになっています」

「では……犯人はこのタイマーを?」

桜子の声は乾いた。

「はい、これを操作したものと思われます。土曜日のあの時刻に電源が切れるようにセットしてありました」

「そうだったのですか……」

桜子は小さくうなった。

「ええ、警察の方にもこの事情はもちろんお話ししました」

「ボックスに鍵は掛かっていないんですか」

「掛かっていますが、簡単な仕様のものなのでドライバーでこじ開けることも可能です。そもそもこの場所は一般の人が入ってこない場所なので、デフォルトの仕様のまま設置してあります。まさかあんなかたちで使われるとは夢にも思っていませんでした」

「なぜ、このようなタイマーを設置しているのですか？」

照明のオン・オフなど、職員が手動で行えばよいのではないだろうか。

「実は当館の電気代が高くなっていることが監査事務局から指摘されましてね。あわてて調査をしたところホール照明の消し忘れが多いことが原因だとわかったのです。で、上のほうと協議致しまして、昨年の秋に急きょ、このタイムスイッチを設置したわけです」

飯尾は頭を掻いて言葉を続けた。

「演劇の仕込みなどは、我々が退勤した後にも続いていることがありまして、責任者がうっかりどこかの照明を消し忘れるんですよ。監査事務局の指摘をきちんと改善しないと本監査で厳しく指摘されますからね」

「このタイマーの操作は誰にでもできるものなのでしょうか」

「まぁちょっと触っていればすぐに飲み込めると思いますよ」

飯尾はボックスの蓋を閉じた。

照明が落ちた理由ははっきりわかった。

内藤が操作できた可能性はある。

しかし、この飯尾も含めて、ほかにも操作できた者はたくさんいたわけである。指紋が出てきたのであれば別だが、これだけでは内藤の犯行と断定できない。

その後、桜子は当日使っていた四つの楽屋を次々に見て回った。

広さや椅子の数に違いはあったが、土曜日に桜子が入った紗也香の楽屋と大差なかった。壁も天井も白く、床はグレーの樹脂シート張りで殺風景な部屋で窓もない。

楽器ケースをはじめ、すべての荷物が片付けられている現在は、がらんとした空虚な空間としか見えない。

ドレッサーと椅子類やテーブル以外にはゴミ箱とハンガーくらいしか調度もない。

グリーンの布張りのソファセットとローテーブルだけがあたたかみを感じさせた。

いまはドレッサーの照明も消えているので楽屋らしい華やかさもなく、部屋の温度まで低いように感じられた。

楽屋を出てロビーに戻った桜子は飯尾に頭を下げて礼を言った。

「お忙しいところありがとうございました」

「いいえ……内藤さんは亡くなった浦上さんのお弟子さんだそうですね。報道によれば自分じゃないと主張しているとか」

「ええ……そのようですね」

関係者でない飯尾に、必要もないのに余計なことを漏らすわけにはいかない。

「難しいお仕事で大変ですね」

飯尾は気の毒そうに眉根を寄せた。

「いえ、こちらのホールさんも大変だったのではないですか」

「土曜日の混乱はもちろんのことですが、警察の人がたくさん出入りして忙しかったのは事実です。結果として四日間は休館しなければなりませんでした」

「お気の毒に存じます」

「でも、明日からの公演は予定通りなんで、そんなに大きな影響は出ていません」

「ちょっと安心しました」

「ありがとうございます。先生もご苦労が多いと思いますが」

「いえ、仕事ですから。ではこれで失礼致します」

桜子は頭を下げて世田谷芸術館を出た。

アルナージに乗り込むと、事務所からの不在着信がスマホに出ている。逸見から連絡があったに違いない。

事務所に電話を入れると、すぐに彩音が出た。

「あ、桜子さん、逸見繁則さんからお電話がありました。電話してほしいそうです」

「ありがとう。番号を教えて」

彩音の教えてくれた番号に掛けると、野太い男の声が響いた。

「はい……」

「逸見繁則さんの携帯ですか」

「ああ、弁護士さんですね」

「はい、一色と申します。内藤弘之さんの弁護人となりました」

「僕になにかご用ですか」

いくぶん無愛想な感じの声だが、向こうから連絡を取ってきてくれたのだ。

「内藤さんのことでお話を伺いたいのです」

「……急ぐんですか」

「はい、できるだけ早くお目に掛かれればありがたいです」

「わかりました。今日は夕方まで個人レッスンがありますんで、六時頃からなら時間が空けられます」

「どちらへ伺えばよろしいでしょうか」

「そうですねぇ……」

逸見はしばらく考えているようだった。

「今日のレッスンは赤坂なんですよ。僕はあのあたりの店をよく知らないんです。どこか落ち着ける店があったら、そこへ行きます」

「赤坂ですか……」

桜子は以前、《五反田（ごたんだ）テクノ》の斯波沙友理（しばさゆり）と初めて会ったときのバーを思い出した。

「赤坂見附（あかさかみつけ）駅近くでもよろしいですか」

「かまいませんよ。日枝（ひえ）神社近くのスタジオだから、赤坂見附駅ならそう遠くない」

「駅の前にエスプラナード赤坂通りっていうのがあります」

「ああ、この通りか」

逸見はスマホかなにかのマップを見ているようである。

「その通り沿いの《ミスター・ビコ》っていうバーなんですが」

「あったあった。ここですね」

「そちらのバーに午後六時でいかがですか」

「いいですよ……でも、たいしたことは話せないかもしれませんよ」

「それでもけっこうです。一色の名前で予約を入れておきます。では六時に」

電話を切ると、桜子は土岐の背中に向かって声を掛けた。

「六時に赤坂見附の《ミスター・ビコ》で人と会う約束が入ったの」

「以前にお送りしたバーでございますね」

「そう……それまでは事務所で仕事するからとりあえず戻ってちょうだい。それで六時に間に合うように迎えに来て」

「かしこまりました」

アルナージは環八に入って、順調に走り始めた。

桜子の胸にどうしても引っかかることが浮かんできた。

(やっぱり、紗也香先生らしくない……)

いくら内藤が分不相応の高額なヴァイオリンを買ったとしても、そこまで怒る紗也香だろうか。桜子には信じられなかった。

(年齢を重ねて人変わりしたのか)

あの頃はヴァイオリンを教えている駆け出しの演奏家に過ぎなかったが、もはや紗也香は日本屈指のヴァイオリニストである。一昨年の春から国分寺音楽大学の准教授の職にも就いている。

しかし、遊佐茉里奈も、二人のいさかいに違和感を覚えているようだ。

とすれば……。

茉里奈が聞いた口論は、二人の問題のほんの一部に過ぎないのではないだろうか。もっと奥深いところで二人の間に感情のもつれや確執があったのかもしれない。

いずれにしても、これから真実を追求してゆく以外にはなかろう。

入道雲はどんどんふくらんできていた。

夕立が来るかもしれない。桜子はそんな予感を覚えていた。

3

六時少し前に《ミスター・ビコ》の扉を開けた。

一面のレンガ壁に囲まれた店内には、ホウロウ引きの大ぶりなグリーンのシェードがいくつか下がっている。

ハーバード留学中にボストン郊外でよく見かけたレストランと似ているこの店の雰囲気は好きだった。だが、田園調布からはあまりにも遠いのであれから訪ねる機会はなかった。

店内には今夜もミドルテンポのジャズワルツが流れている。

照明は会話するにはちょうどよいくらいに落としてあった。

逸見はいちばん奥のボックス席に座って文庫本を読んでいた。

生成りのシャンブレーシャツを羽織ってデニムを穿いたカジュアルな姿だったが、一度ステージで見た顔は忘れるものではなかった。なによりハードケースに入ったチェロと思しき楽器がかたわらに置いてあった。

「逸見さんですね」

桜子が声を掛けると、逸見は驚いたような顔で椅子から腰を浮かしかけた。

「あなたが一色弁護士さんですか」

逸見の目は大きく見開かれている。

大げさな反応の意味がわからなかった。

「ご機嫌よう。お時間をお取り頂いてありがとうございます」

「い、いえ……」

逸見は目をうろうろと泳がせて椅子に座った。

「あらためまして、わたくし一色桜子と言います。内藤弘之さんの弁護人を受任致しました」

「あ、はい」

電話のときのちょっと無愛想な調子とは打って変わって、逸見はどこか気弱な雰囲気を見せていた。

ステージで見たときに感じたように三十歳を少し出たところだろうか。

顔つきも身体もふっくらとしていて、両目は細くやや垂れている。

唇もふっくらと大きく、なんとなく大黒さんを思わせる風貌であった。

「なにを召し上がります？」

「じゃ、ビールで」

以前、沙友理とこの店で会ったときと同じように一パイントの生ビールジョッキを二つ頼んだ。

「ここのフライドチキンなかなか美味しいですよ」

「では、それも」

ビールのジョッキを合わせると、逸見は目尻を下げて言った。

「いや、感じの悪い刑事にいろいろ聞かれて不愉快だったけど、一色先生みたいな人に尋問されるのは悪くないですね」

桜子は閉口しつつも、穏やかに話を切り出した。

「逸見さんは内藤さんとは一緒にお仕事なさっているんですよね」

「ええ、弦楽四重奏はもちろんなんですが、いろいろなミュージシャンのレコーディングでも一緒に仕事してます」

「では、個人的にもお親しいのですか」

「レコーディングの仕事の後などに、たまには飲むこともありましたね」

逸見の表情は大きく変わらなかった。

桜子が紗也香の指導を受けていた事実を告げたときも、土曜日のコンサートのあの場にいたと話したときも逸見はそれほど大きな反応を見せなかった。

茉里奈の生き生きとした反応とは大違いだったので、桜子は意外の感を受けた。

そもそも逸見は感情をあまり表に出さないようだった。冷静な人物だと言えるのかもしれない。

「土曜日、事件の当日ですが……」

桜子は茉里奈に話したのと同じように、警察が考えている犯行の経緯について説明した。

「いまの話を聞いた限りでは、ステージの上でそんな犯行をこなせたのは、物理的には内藤以外にはいないでしょうね。四人が座っている位置からして僕や遊佐さんにそんなことができるはずはありません」

逸見はきっぱりと断言した。

「では、舞台の袖から何者かが侵入した怖れはあり得ますか」

「あり得ませんよ。忍者でもない限り……。僕たちの聴感覚であれば袖からステージまで歩いてくる足音に気づかないなんてことはない。とくにあの暗闇ではね。あのとき浦上先生が

第四楽章を一人で弾いていたでしょ。あれには僕も驚いた。だから、必死で耳を澄ませていたわけです。足音に気づかないはずはない」

　これまた逸見の答えははっきりしたものだった。

　ここまでの話を聞くと、やはり犯行は内藤によるものと思えてくる。

　だが、接見時、自分に向けられた内藤の態度が嘘だとは思いたくなかった。

　続いて桜子は、紗也香と内藤の口論について話して聞かせた。

「へぇ、そんな口論があったとは知らなかったな」

　逸見は微妙な顔つきで答えた。興味深いと見える表情だった。

「遊佐さんは、逸見さんが楽屋入りする前だと言っていました」

「なるほど……でも、三人の表情などにとくに変わったことは感じませんでしたね。僕が楽屋入りしてから内藤が浦上先生の楽屋を訪ねるようなこともなかったですよ」

「内藤さんが興奮していたようすはなかったんですね」

「むしろちょっと落ち込んでいたかな」

「逸見さんはその日の浦上先生の厳しい態度をどう思われますか」

「ぜんぜん浦上先生らしくないですよ。あの方は若い演奏家をとても大切になさっていた。後進の指導に熱心だし、母親や姉のように面倒を見る素晴らしい人でした。そんな浦上先生が、ちょっとやそっと高価な楽器を買ったことでそんなに怒ってしかも縁を切るみたいなことまで言うなんてどうも信じられないですよ」

紗也香の人柄については、逸見も桜子自身や茉里奈と同じような感覚を持っているようだ。

「逸見さんはプロとしての経歴が浅い内藤さんが一千万円もするカピキオーニを購入したことを分不相応だと考えていますか」

逸見ははっきりと首を横に振った。

「いや、僕はそうは思いません。プロとなった以上、我々は楽器だけが商売道具です。先生は弁護士さんなわけですが、ご自分の事務所をお持ちですか」

「いえ、先輩の事務所に所属しています」

「もし独立して事務所を開こうとなさったときに、一千万円くらいの開業資金は用意するんじゃないんですか」

桜子は返答に困った。独立開業するつもりはなかったし、仮に開業するとしてもいくらくらいの資金が掛かるのかは皆目見当がつかなかった。

一色邸の収入や支出はすべて伊勢に一任している。年間にどれくらいの金の出入りがあるのかなどは桜子の関心外だった。いや、祖母以外は母も兄も関心がないのではないか。

「そのくらい用意することはあり得ると思いますが……」

「だから、内藤がカピキオーニを買ったって不思議な話じゃない。チェロはヴァイオリンに比べると手頃なものが多いですが、僕だってそれくらいの楽器は使っていますよ。ベテランなら少なくとも一千万円くらいのチェロを持っていてあたりまえです」

いまこのテーブルの脇に置いてあるチェロも高価な楽器なのだろう。

「よくわかりました」

逸見から引き出せた情報は少なくなかった。だが、それはすべて内藤の犯行を否定する材料ではなかった。

桜子は一杯目のジョッキをもてあましていたが、逸見は三杯目へと進んでいた。酔っているようには感じられなかったが、頬がすっかり赤くなっている。

「ほかに内藤さんについてなにかご存じのことはありませんか」

ほんの一瞬、逸見は黙って桜子の顔を見ていた。

が、やがて桜子の目を見ながら、ゆっくりと口を開いた。

「あいつはかわいそうなヤツなんです」

嘆くような口調で逸見は言った。

「どういうことですか」

「内藤は子ども時代から天才ヴァイオリン少年としてもてはやされていたんです。将来をとても期待されていた」

「そうらしいですね」

「内藤は千葉県の木更津市の育ちです。彼の両親は高校の教員夫婦だったんですが、祖父さんが持っていた土地にアパートを建てたとかで家計的には豊かだったと思います。それで、両親は内藤にありったけの金を注ぎ込んで大切に育てました。親子でプロの演奏家を目指したのです。注ぎ込んだのはもちろん金ばかりじゃない」

「愛情ですね」

逸見はあごを引いて言葉を続けた。

「住んでいた木更津の近くにはいいヴァイオリンの先生がいなかった。だけど、両親はどうしても一流の演奏家の指導を彼に受けさせたかった」

「ヴァイオリンに限らず、プロの演奏家を目指すためには幼い頃から優秀な先生についてレッスンを受ける必要がありますからね」

「そのとおりです。そこで、内藤が小学校高学年のときから、三日に一回は浦上先生の指導を受けるようになったわけです。そのために母親が内藤をクルマに乗せてアクアラインで品川区まで送り迎えをしてたのです」

「東京湾を渡ってお稽古に！」

たしかに、その頃の紗也香は羽田空港に近いという理由で品川区の八潮に住んでいた。

「そうなんです、母親は高校の音楽の先生だったそうですが、東京までヤツの送り迎えをするために、正規の教員を辞めて非常勤講師になったそうですよ」

「そこまで期待されていたんですね」

逆境に遭っても屈しない内藤の性格は両親の愛に育まれて培われたものなのかもしれない。

「ところが、ヤツが高校三年生の冬に悲劇が起こった。アクアラインの木更津側の料金所付近で母親が運転するクルマが大きな事故に巻き込まれましてね。トラックを含む五台の玉突き事故で、雨によるスリップが原因だったそうです。それで、母親は亡くなりました」

逸見はしんみりとした口調で言った。

「かわいそう……」

母親が死んだとは聞いてはいたが、詳しい経緯は知らなかった。

「内藤は頭に大怪我をして意識不明の重体となった。そのときの怪我のせいで、あいつは一日一回なんとかホルモンっていうのを自分で注射しなきゃならない身体になっちまったんですよ」

「そうだったんですか」

「もっとも母親が入っていた生命保険のおかげで、内藤は余裕でヴァイオリンを習い続けることができたんです。高校を卒業して、めでたく日芸大にも入学できた。ご存じのとおり、クラシックの世界では『日芸大にあらざれば人にあらず』というような風潮がありますよね」

「世界のオザワさんのご活躍でむかしほどではないでしょう」

国際的にずば抜けた評価を得ている指揮者の小澤征爾氏は桐朋学園短期大学出身である。小澤氏の活躍によりクラシック界の学歴偏重傾向は緩和されたとは聞いている。

「まぁ大昔よりはマシだと思いますが、僕なんか日芸大じゃないから冷や飯食ってますよ」

逸見は肩をすくめた。

弁護士の世界では学歴はそれほど役に立つわけではない。少なくとも学歴でクライアントはやってこない。桜子のハーバード大学ロースクールの学位L.M.(Master of Laws)も、仕事の上で役に立ったことはない。

もっとも桜子は「雪冤事件の実証研究」を学びたくてハーバードに進んだのであって、学歴がほしいから留学したわけではなかった。

「ともあれ、内藤は浦上先生のお宅に比較的近い目黒にアパートを借りて学生時代にめきめき腕を上げ、いくつかのコンクールで賞も取りました。ところが、大学二年生のときに父親がくも膜下出血で急死してしまい、天涯孤独の身の上となったわけです」

「内藤さんの来し方がよくわかりました。とても役に立ちます」

「いえ……だから、彼にとって小さい頃から可愛がってくださった浦上先生は姉のような存在だったと思いますよ。そんな意味でも僕は今回の事件はどうも理解できないんですよ」

逸見は真剣な表情で言うと、三杯目のビールを飲み干した。

「わたしもそう思います」

内藤の犯行を否定する材料は得られていない。しかし、紗也香と内藤の関係を考えると、やはり冤罪事件の疑いは捨てきれない。そう桜子は感じていた。

「ところで一色さん、この後お忙しいですか」

何気なく、しかしいきなり逸見はおかしなことを言い出した。

「は？」

桜子には逸見が口に出した言葉の意味がわからなかった。

「せっかくこうして出会えたんですから、もっと雰囲気のあるところに行きましょうよ」

ようやく逸見が自分にプライベートな誘いを掛けているのだと気づいた。

(失礼な)

桜子は珍しく腹を立てたが、態度に出すことは抑えた。

このあたりの店は知らないと言っていたくせにどこへ行こうというのだろう。

「でも仕事が……」

「お酒飲んでから仕事するんですか？」

逸見はにやりと笑った。

「ええ……事務所には戻らないと」

「まぁいいじゃないですか。一杯くらいつきあってくださいよ」

逸見の顔に浮かんだにやにや笑いを見ていると、胸が悪くなってきた。

「本当に忙しいんです」

「ＡＮＡインターコンチネンタルホテルに夜景のきれいなバーがあるんですよ」

桜子は吐き気が一気に増すのを覚えた。

「ですから仕事が入っていると言っています」

そろそろ厳しい言葉を出す必要がありそうだ。

わざわざ土岐を呼ぶほどの問題でもない。

しかし、いきなり弁護士をくどくとはいい度胸である。

そのとき背後で若い女性の明るい声が響いた。

「あれ、一色先生？」

振り返ると、驚きを両目に浮かべた斯波沙友理が立っていた。

秋田県の能代市出身の沙友理は、秋田美人だけあってきめ細かな白い肌が魅力的だ。

ホワイト系のカットソーに黒いチノパンのシンプルなファッションが、沙友理の美脚を引き立てている。

「沙友理さんじゃないの」

桜子も驚いたが、この店はもともと沙友理の行きつけだった。ここで彼女と会っても不思議な話ではなかった。

「お邪魔だったかしら？」

沙友理は桜子と逸見の顔を見比べてけげんな声を出した。

「いえ、お仕事なの。こちらにはお時間を頂いてしまったんですけれど、もうお帰りになるところなのよ」

「そうだったんですか」

沙友理は納得したという顔つきでうなずいて言葉を継いだ。

「もしよろしければ、例の弊社倉庫の用地取得の件で伺いたいことがあるんですけれど……」

《五反田テクノ》はクライアントではない。もちろん、沙友理のとっさの作り話だった。

「あ、そうね。あの事案は難しい問題が山積みですものね」

桜子もなんとか呼応することができた。

逸見はしらけたような顔でそそくさと立ち上がった。

「じゃ、僕はこれで……」

かるく頭を下げると、逸見はチェロケースを抱え上げた。

「今夜はありがとうございました。また、なにかをお尋ねすることもあるかもしれません。そのおりにはどうぞよろしくお願い致します」

「はぁ……わかりました」

チェロケースを背負った逸見はぶつけることを恐れて注意深くテーブルを離れた。

ゆっくりと通路を歩いた逸見は、そのまま店の外へと消えた。

「ありがとう。あなたは救いの神よ」

桜子が冗談めかして顔の前で手を合わせると、沙友理は声を立てて笑った。

「やっぱり困ってたんですね」

機転の利く沙友理は、桜子の表情だけでいまの事態を察したようだ。

「事件の関係者から事情を伺ってたんだけど、この後飲みに行こうっていきなり誘われて」

「おなじみさんなんですよね？」

「いいえ、今日、初めて会った人よ」

沙友理は目を見開いて絶句した。

「もう、男って、どいつもこいつもそんなのばっかり」

大きな瞳に怒りを燃やして沙友理は激しい口調で吐き捨てた。

「うふふ……沙友理さん、よっぽど苦労しているのね」

桜子は笑いながらも気の毒になった。

ルックスとスタイルに恵まれ、知的でありながら明るい沙友理は、おかしな男に言い寄られることも多いのだろう。

「桜子さんこそ、いまみたいなうんざりが次から次に押し寄せるんじゃないんですか」

「いいえ、今日みたいなことはほとんど経験していないの」

「え、本当ですか。意外」

「きっといつも怖い顔しているからでしょ」

「いつも素敵でやさしいですよ。でも、キリッとして見えるのかな……わたしは逆にナメられるタイプかも」

桜子は二人分のビールをジョッキで注文した。

「まずは飲みましょ」

「プチプチ女子会ですね。カンパーイ」

「乾杯！」

二人は音を立ててジョッキを合わせた。

店の外では遠雷が響く音が聞こえていたが、雨は降っていないようだった。

しばらく楽しい時間が続いたが、お互い、明日の仕事に障らないように十時半には引き上げることにした。

クルマで送るからと誘ったが、近いからと言って沙友理は歩いて帰っていった。

土岐の運転で屋敷に帰ると十一時を廻っていた。

家族も使用人たちもすでに寝ていた。

桜子はシャワーを浴び、書斎の隣にある自分専用の着替え部屋でお顔のメンテナンスを済ませると、寝室の机の前に座った。

桜子は書棚に置いてあったCD‐Rを取り出すと、かたわらのオーディオセットに手を伸ばした。

土曜日に紗也香からもらったCD‐Rを、今夜こそ聴いてみようと考えたのだった。

隣の書斎にはもっと大きなスピーカーのオーディオセットがあるが、寝室のシステムもじゅうぶんによい音で鳴ってくれる。

「え……」

ローディングが終わって、ソース表示画面に現れたタイトルを見て桜子は声を漏らした。

そこには“Capicchioni-1 Paganini, No.24 Capricci”という文字列が表示されていたのである。曲名は紗也香の言葉通りパガニーニの『カプリース』だったが……。

「カピキオーニ……問題のヴァイオリンだ」

桜子の声はかすれていた。

CD－Rをスタートさせて、机上に置いたタンノイのオートグラフミニから流れ出る音色に耳を傾ける。

とても美しい音色が響き始めた。

無伴奏だけに紗也香のヴァイオリンの生み出す豊かで明るく伸びやかな音色が際立つ。

開放弦の親しみやすい有名な主題が終わると、アルペジョやオクターヴ奏法、ピチカートなど、ヴァイオリンに要求されるさまざまな技巧が駆使されてゆく。紗也香の技巧を遺憾なきまでに発揮した圧巻の演奏だった。

録音状態もよく、弓と弦がこすれるときの松脂(まつやに)の飛び散る音まで響いてきそうだった。

畳みかけるような終曲部分から最後の華やかなイ長調の和音へと進むと、桜子の両の瞳から涙があふれ出た。

追悼の涙なのか、演奏に感動して出た涙なのか、桜子は自分の内心が摑めなかった。

桜子はＣＤプレイヤーの液晶表示を凝視した。

続いて現れたタイトルは“Capicchioni-2 Paganini, No.24 Capricci”だった。

「カピキオーニの1と2にどんな違いがあるのだろう」

期待しつつ、桜子はスピーカーから流れ出る音色に耳を傾けた。

注意深く聴いていても、最初に聴いた演奏と大きな違いがあるようには感じられなかった。

もちろん、人声などのほかの雑音が入っているわけでもない。

“Capicchioni-2”の演奏が終わった。

二つの演奏のどこがどう違うのか、桜子には最後までわからなかった。どちらもすぐれた演奏だし、テンポもほぼ同じだと感じた。実際に収録時間はおよそ五分で、両者は十秒と違わなかった。

音色に違いは感じられた。たしかに違う。だが、どこがどう違うのかよくわからなかった。

「いったいなぜ、先生はわたくしにこのＣＤ－Ｒをくださったのか」

同じ曲の二つの演奏が収録されている理由が必ずあるはずだ。

アドリブを重んずるジャズのアルバムなどでは同じ曲を「テイク1」と「テイク2」とか、「モーニング・テイク」と「アフタヌーン・テイク」とかいったかたちで複数収録することも少なくない。この場合はアドリブ部分はもちろん異なるし、テンポが違う場合も多い。だが、クラシックではあまり聞かない話である。

だいいち桜子には二つの演奏に大きな違いは感じられなかった。

灯りを消してベッドに入ってからも桜子はしばらく寝付かれなかった。

ＣＤ－Ｒを渡される前に紗也香が口にした言葉を桜子は思い出した。

――実はね。相談したいことがあるの。

「そうだった。先生は、弁護士としてのわたくしに相談したいことがあったのだ」

その相談ごとは、今回の悲劇と関係のあるものだったのだろうか。

――今度会うときまでに桜子ちゃんに聴いといてもらいたくて……。

相談ごととこのＣＤ－Ｒになにか関係があるのだろうか。

せめて相談内容を簡単に記したメールだけでも送ってくれていれば……桜子は悔しかったが、いまさらどうすることもできない。

眠れぬ身体をベッドの上で持て余しながらも、いつの間にか桜子はうとうとしていた。

窓の外で庭のヒマラヤスギが風に鳴る音がいつまでも響き続けていた。

4

翌朝、事務所に出ると、彩音の機嫌が著しく悪い。

「ほんと、忙しいったらありゃしない」

時代劇に出てくる長屋のおかみさんのような口調で彩音は叫んでいた。

ふだんは着てくることのないブルー系のタイダイ染めポロシャツは、今日の心情に合わせて選んだのか、実に挑戦的なファッションに見える。

彩音の机は広げられた書類で天板がほとんど見えなかった。

かたわらに引き寄せてある書類ワゴンにも分厚いファイルが山積みになっている。

「彩音さん、忙しそうね」

桜子はねぎらいの言葉を掛けた。

「月末ですからね。いろいろとね」

尖った声で彩音は答えた。

「吉良先生は埼玉地裁へ直行だし、足利所長はお休みだそうです。今日は休業の看板出しときます？」

政志が冗談めかして近づいて来た。

「まぁ、しばらくは依頼人が来たらわたくしが応対するから」

「畠山さん、コーヒーお願い」

ぶぜんとした声で彩音が頼んだ。

「忙しいからってそんなに殺気立たなくても……」

政志がとぼけて笑うと、彩音が嚙みついた。

「キミが手伝ってくれないからなんだぜ。暇ならコーヒーくらい淹れてよ」

「いや、僕だって仕事してますよ。村田工務店の給料差し押さえの解除の手続きでしょ。ライオネル・ホテルの件……隣のビルの擁壁が一部倒壊して看板壊しちゃったやつね。あと、横山夫妻の財産分与の件、えーと、それから……」

政志は指を折り始めた。

「仕事並べ立てるのは簡単にできるよ」

彩音の機嫌はますます悪くなっていく。

「本来、武田くんの仕事と僕の仕事は違うはずでしょ」

「でも、キミだって電卓も叩けるし、エクセルも使えるでしょうが」

「そりゃそうだけどね」

「とにかくコーヒー淹れて」

彩音は細い身体を揺すってすねた。

「へぇへぇわかりました。しばらくお待ちくださいね」

政志は根負けして給湯室の方向に消えた。

彩音の仕事を手伝ってやるわけにはいかない。仕事にはそれぞれの領分がある。

桜子は自分の執務机に座った。

昨日、一日空けてしまったので、今日はできれば内藤の接見に行きたいと考えていた。勝行は間違いなく勾留請求しているはずだ。

東京地検ではなく、勝行の携帯電話に掛けることにした。

すぐに耳元で明るい声が響いた。

「おやおや、今日こそデートのお誘いだね」

「なんで？」

「だって、地検じゃなくて携帯に電話くれたじゃない」

「昨日、内藤さんを取り調べたんでしょ？」

勝行がほっと息をつく音が聞こえた。

「だから、その話はダメだってば」
「取調の結果ですが、勾留請求するだけの理由がありましたか」
「あたりまえだろ。どこからどう見ても、内藤の犯行としか考えられないじゃないか」
「じゃ、彼は今日はまる一日裁判所ね」
「ま、そういうことだね」

警察官が事件を検察官に送致し、検察官が勾留請求をすると、勾留が妥当かどうかを裁判官は判断する。この手続き自体もひとつの裁判である。

十日間、被疑者の身柄を拘束するのは言うまでもなく重要な人権の制限である。勾留を警察官と検察官の自由に任せておいては、被疑者に人権侵害が発生する怖れがある。そこで、刑事訴訟法六〇条一項各号に定める勾留理由を確認し、その必要性の有無を裁判官が判断する制度となっている。勾留はさらに十日間の延長を認められる場合が多く、本件でも内藤は二十日間は留置場で過ごすことになる可能性が高い。

勾留請求があると、被疑者は裁判官による勾留質問を受けるため、護送車に乗せられて裁判所に連れて行かれる。護送車は周辺のいくつかの警察署を廻ってその日に裁判官から質問を受ける被疑者を次々に乗せてから東京地方裁判所に向かう。

裁判官の勾留質問はたいして時間を要するものではないが、一緒に護送車に乗っていったほかの被疑者の勾留質問が済むまでは帰してもらえない。ほとんどの場合、まる一日掛かってしまうのである。

「で、なんのご用事かな」

「昼休みにデートしない？」

「トワイライトデートの間違いでしょ。昼休みは一時間しかないんだよ」

「間違いじゃないわ。今日の昼休みに会いましょうよ」

「ダメだよ。内藤の件なら話さないよ」

勝行は言い切ったが、ひるんではいられない。

「十二時に《日比谷サロー》に予約入れとくね」

「強引だなぁ……あそこはビール飲みに行くとこだろ」

「じゃ、法曹会館の《マロニエ》にする？」

「やだよ。誰か知っている人間に出くわすかもしれない」

「でも《松本楼》でゆっくりランチする時間はないでしょ」

嫌がる勝行を無理矢理くどく自分は逸見と変わらない。いや、逸見より始末が悪いと桜子は内心で笑いを嚙み殺した。

「それこそ今度、ちゃんとデートするときに予約入れてくれよ」

「じゃ、クルマで迎えに行くから霞が関近くの適当なお店でランチしましょ」

「無理だって言ってるのに……」

「ね。お願い」

「仕方ないなぁ、三時から一時間くらいなら時間取れるから地検に来てちょうだいな」

ついに勝行は折れてくれた。

「ありがと。さすがは細川くんね。人間のできが違う」

「嬉しいお言葉だね。さすが桜子ちゃんは育ちが違う」

「どういう意味？」

「文字通りの意味さ。じゃ切るからね」

電話は一方的に切れた。

桜子はあの日の第一部に出演していた日本芸術大学の蒲生和秀とピアニストの仁木祐子にも会ってみたいと考えていた。だが、昨日会った二人とは違って、蒲生のサイトに連絡フォームはなく、メールアドレスも掲示されていなかった。また仁木のサイトは存在しなかった。

桜子は遊佐茉里奈に電話を入れて尋ねてみることにした。同じステージに出ていたわけだから連絡先を知っている可能性はある。

昨日の今日、逸見に電話したら、どんな誤解を招くかわかったものではない。

「弁護士の一色です。昨日はお時間を頂きありがとうございました」

「あ、一色先生、昨日はどうも」

明るい声が返ってきた。

「いまお電話大丈夫ですか」

「大丈夫です。弘之くんのことでなにかわかりましたか」

「いえ、いまのところ進展はありません。蒲生和秀教授と仁木祐子さんにもお話を伺いたいと思いまして、連絡先をご存じではありませんか」

「仁木さんは個人的にアドレスを知っているので、一色先生が連絡してほしいってメールを入れておきますね。でも、蒲生先生は……」

茉里奈は言いよどんだ。

「蒲生先生の連絡先はご存じないですか」

「知らないです。って言うより、偉すぎちゃって、わたしなんかが気軽に連絡を取れる相手じゃないんです」

偉すぎる音楽家などが音楽界には存在するのか。桜子は少なからず驚いた。

「そうなんですか。日本芸術大学に電話を入れればいいんでしょうか」

「いくら弁護士さんでもすぐに返事は来ないかもしれませんね。蒲生先生は今回の事件には無関係なわけですから」

　たしかに蒲生和秀と仁木祐子は、事件発生当時は桜子の前の列に座って舞台の演奏に聴き入っていた。だが、二人が内藤弘之と浦上紗也香の関係についてなにかを知らないとも限らない。会ってみる価値はじゅうぶんにあった。

「わかりました。蒲生先生は後回しにします」

「もしかすると、仁木さんを通じて頼めば蒲生先生に早めに会ってもらえるかもしれませんね」

「とりあえず仁木さんにはお目に掛かってみたいです」

「仁木さんは気難しい人じゃないので会ってくれると思いますよ。ただ、わたしたちは意外と時間に縛られている仕事なので、二、三日は無理かもしれませんが」

「ありがとうございます。本当に助かります」

　桜子は感謝の気持ちを言葉に込めて電話を切った。

「はい、コーヒーです」

　銀盆を運んできた政志は、なぜか頭に赤いバンダナを巻いている。

「あら。喫茶店のマスターを本気で目指し始めたの」

「武田くんのしもべになるよりはいいかなと思って」

「誰がしもべですか」

離れた席から彩音の声が響いた。

しばらく桜子は、別件をいくつか片付けるためにパソコンと格闘した。

忙しかったので、外へ出る彩音に頼んでサンドイッチを買ってきてもらってランチにした。

二時過ぎに土岐に電話を入れて、クルマを廻してもらうことにした。

「三時に東京地検、六時半に成城警察署へ行ってから直帰しますね」

桜子は出かける支度をして、政志と彩音に声を掛けた。

「了解です」

「行ってらっしゃい」

二人に見送られて桜子はアルナージで霞が関へ向かった。

東京地方検察庁は、道路を挟んだ向こう側に日比谷公園の緑がひろがる中央合同庁舎第六号館内にある。

桜子は入館手続きを済ませてエレベータで五階に上がっていった。

勝行の執務室のドアをノックすると、すぐに大柄で固太りの身体がワイシャツ姿で現れた。

「やぁやぁ、姫のお越しですか。光栄の至りですな」

「嘘つき。迷惑なくせに」

「嘘じゃないって。愛しの君にたまにはお目に掛かりたいですからな」

「お忙しいところ、時間を取ってくれてありがとう」

「ま、掛けてよ」

ペットボトルのお茶を渡しながら、勝行は部屋の中央を占めている白い天板のオフィスデスクを指さした。

L字形の横幅が長いほうが検察官席、短いほうが検察事務官席となっている。

捜査公判部門に所属する伊庭のような検察事務官は、捜査のサポートや取調の立ち会いなどで外出する機会も多い。

前回来たときも伊庭は出かけるところだった。もしかすると、勝行は伊庭事務官の留守を見計らって桜子と会ってくれているのかもしれない。

つまりは桜子に接する自分の態度を伊庭事務官に見せたくないのだ。

少し残念だった。クールで優秀な雰囲気を持つめがね女子の伊庭事務官とも話をしてみたいと思っていたのだ。

桜子は検察官席に向かい合っている被疑者席に座った。検察官と被疑者とのトラブルを避けるために二つのテーブルは一メートル以上離れている。検察庁には警察のように取調室がないので、ここで被疑者の取調を行うとのことである。

　四角い顔の垂れ目がちな瞳とぷっくりとした唇を見ていると、こちらまで陽気な気分になる。勝行は明るくユーモラスだが、意外と辛辣なところもある男だった。

「あのさ、最初から言っておくけど、勾留請求は絶対に取り下げないよ」

　勝行はにべもない調子で切り出した。

　黙って見つめていると、勝行は疑わしげな目で桜子を見つめた。

「気味が悪いな……なにしに来たんだよ」

「わたくしが調べた逮捕理由を述べますね。七月二十五日土曜日、世田谷芸術館で開かれたコンサートの際、ヴァイオリニストの内藤弘之は高価なヴァイオリンであるカピキオーニを購入したことを分不相応だと師匠の浦上紗也香になじられ、その恨みからパリトキシンを日頃自分が治療のために使っている非侵襲式注射器に入れ、タイマーを細工して会場の照明を落とし、演奏中の浦上にパリトキシンを注入しその毒物作用により浦上を死に至らしめた」

「わ、一文で述べてる」

　勝行は大仰に驚いてみせた。

「検察官の悪文を真似してみたのよ」

「俺はそんな悪文書かないよ」

「以上の事実は、浦上紗也香の司法解剖におけるパリトキシンの検出所見と、内藤弘之自宅に残置されていた非侵襲式注射器から検出されたパリトキシンの両者から立証できる」

「恐ろしく下手くそな文章だなぁ」

勝行はわざとふざけて叫んだ。

「だけど、ちょっと違っているところがあるよ」

「どこが違うと言うの？」

勝行はにやっと笑った。

「実を言うと、死亡前から毒の摂取は疑われていたんだ」

「だって最初は病死って報道だったじゃない」

桜子は自分の口調が強くなるのを感じた。

「報道発表は、内藤の逮捕まで抑えさせたのさ」

捜査の都合上、一時的な報道規制はあり得るだろう。

「で、どうしてわかったの？」

「玉川総合病院の緊急外来担当医師は当初、心臓疾患も疑った。胸部の圧迫と痛みが激しかったからだ。だが、これはパリトキシンの典型的な症状である強い冠状動脈収縮作用によるものだ。さらに横紋筋融解症を発症していた。呼吸困難や気管支攣縮（れんしゅく）、全身痙攣などの神経症状に加えてミオグロビン尿症という黒褐色の排尿も見られた。これらの所見から、医師は被害者が神経毒を摂取したと疑った。その時点では意識のあった浦上紗也香本人から、該当するような食物を一切食べていないことを医師は確認した。そこで医師は第三者による毒物投与の可能性を疑って警察に通報してくれたんだ」

「それで解析が早かったのね」

「そうだ。医師が提出した血液サンプルを科捜研で全速力で分析を行った。その晩のうちに血中からパリトキシンを検出したんだよ」

科学捜査研究所は警視庁や各道府県警の刑事部に所属する付属機関で、科学捜査の研究と鑑定を行う職務を担っている。

「でも、わたくしが調べたところでは、毒を摂取してから発症するまでに最低でも三時間くらいは掛かるってことだったのよ。とすればステージ上での犯行だとすれば、もっとずっと遅くに毒の効き目が現れるんじゃないの」

いろいろなサイトを漁(あさ)って見つけた突破口だった。

暗闇になってから紗也香が倒れるまでは三十分くらいしかなかったはずだ。

「三十二分四十三秒」

「正確な時間がわかっているのね」

「会場の進行係が記録していた」

「では、ステージ上の犯行ではないと言えるでしょ」

桜子は期待を込めて勝行の顔を見た。

「残念ながら、それは論拠にならない」

だが、勝行は自信たっぷりの口調で否定した。

「一例を挙げると、内閣府の食品安全委員会が三菱総合研究所に依頼した平成二十二年度食品安全確保総合調査の資料には、パリトキシンを含有する魚類について『早い場合の致死時間は15分程度で、魚を頭から食べ始めて尻尾を食べ終わる前に死亡するともいわれている』という記述が見られる」

「そうなの……」

ひとつ可能性が消えた。

「潜伏期間には相当な幅があるようだ。パリトキシン中毒の臨床例は非常に少ないので潜伏期間についてもわからないことが多い。今回のケースでは内藤が狙っていたより早く毒が効いたものかもしれないな」

「たしかに発症が遅くなっても犯人にとって困ることではないけど」

「いずれにしても血液からパリトキシンが出てきたとなると他殺と考えるしかなくなる。おまけに内藤が自分の治療のために非侵襲式注射器を常に持ち歩いていた事実が明らかになった。そこで内藤のマンションをガサ入れして押収した注射器を鑑定したところ、パリトキシンが検出されたので成城署内で逮捕したわけだ」

「参考人で任意同行させて、警察署で逮捕したのね」

「ああ、取調室で令状を執行した」

この手続き自体は違法ではない。

「でも、納得できない点がほかにもいくつかあるの」

「なにさ」

「まずは計画的な殺人としては決定的におかしな点があります」

「と言うと」

「だってそうでしょう。土曜日のリハ前に喧嘩をしたのなら、手間の掛かる毒物の準備ができるはずがない。二人が土曜日以前から険悪な関係にあった事実でも摑んでいるの？」

桜子は言葉に力を込めて畳みかけた。

「そんなこと教えられないよ」

勝行はにやにやと笑みを浮かべた。

桜子はがっかりした。

カマを掛けたが、あっさりかわされた。二人の険悪な関係は間違いなく以前から続いていて、勝行はその証拠を掴んでいるのだ。

もちろん、以前から争っていた事実があるからこそ逮捕したものに違いない。ソースを漏らしてくれれば、その人物に話を聞きに行こうと考えていたのだ。

紗也香と内藤の共通の知人などたくさんいるだろうから、茉里奈以外で二人の関係を証言できる者を桜子が見つけ出すのは困難な話だった。

「身近な音楽家たちから、被害者と被疑者の間柄を訊いてきたの」

桜子は茉里奈と逸見から聞いた話を勝行にも聞かせた。

「浦上紗也香と内藤弘之の間にはたしかな信頼関係があったと二人は言っているのよ」

「だが、浦上紗也香は縁を切るって言ったんだ」

勝行は得意げに言った。

「それはただ感情的になったからでしょ」

「いや、それは違う」

妙に自信ありげに勝行は言った。

「クラシック演奏家って職業は師匠に縁を切られると、どこであっても演奏させてもらえなくなることも珍しくないらしい。なにせ閉鎖的な社会だからね」

「閉鎖的なのはわかる気はするけど」

音楽大学の実技試験も、受験する大学の教授やその弟子などの指導を受けることが、合格への最短距離とされると聞いている。

「むかしも気の強い武士が主君と喧嘩して飛び出したはいいが、主君が諸家に廻状を出して仕官できないように妨害した話がいくらもある。奉公構っていう刑罰の一種なんだが、福岡城主の黒田長政が後藤又兵衛の仕官を邪魔した話は有名だ。又兵衛は誰もが知る勇者だったが、どの大名にも雇ってもらえなくなって生活に困窮した。最後は豊臣秀頼の求めに応じて諸国の浪人衆とともに大坂城に入城し夏の陣で戦場の露と消えた」

勝行は得々と話した。

「武士の話なんて聞きたくない」

桜子は悄然と答えた。

「とにかく、内藤は追い詰められた。浦上に対する恨みはどんどんふくれ上がっていって、土曜日のコンサートで爆発したわけだ」

「毒の入手はきちんと立証できるの？」

ようやく突破口を見つけた思いで桜子は訊いた。

「パリトキシンがアオブダイやソウシハギから採れる毒物だってことは知っているよね」

「ええ、ほかにスナギンチャクにも含まれているって」

「アオブダイもソウシハギも沖縄などあたたかい海に多い南方系の魚だ。だがね、この梅雨明け頃、内藤は沖縄に演奏旅行に行っていて一週間以上も滞在しているんだ。捜査の結果、知人のモータークルーザーで釣りをしていたことも沖縄県警の協力で裏が取れている。毒はそのときに釣り上げた魚から抽出して生成して冷蔵保存したものに違いない。ま、ソウシハギは、温暖化の影響で最近は横浜でも釣り上げられているがね」

「内藤さんはおつきあいで釣りに行っただけだし、毒のある魚なんて知らないと言ってるのよ。魚から毒を抽出するなんて素人には難しいでしょ」

「内藤は木更津育ちでね。小さい頃は漁師だった祖父さんに連れられてよく海に出ていたんだ。魚や釣りのことは詳しいわけだ。祖父さんから習って魚をさばくことも珍しくなかったとの証言も得ている」

「そうなの……」

ここでも内藤には不利な話しか出てこない。

「しかもね。浦上紗也香は心臓が弱かった。去年、一度、狭心症の軽い発作を起こしているんだ」

「知らなかった……」

桜子がヴァイオリンを習っていた頃の紗也香には考えられない話だった。しかし、彼女もとっくに四十歳を超えている。心臓に問題があっても不思議ではなかった。

「そのとき側にいて救急車を呼んだのが内藤だ。内藤は浦上の心臓が弱いことを知っていて、あえて冠状動脈に作用するパリトキシンを使ったんだよ」

ふたたび頭を殴られたような衝撃が走った。

――冠状動脈に対して極度の収縮作用があって致死原因のひとつとなる。

医学サイトの記述が頭のなかにぐるぐると廻っている。

自分は直感と、紗也香に対する信頼、茉里奈と逸見の言葉だけで内藤の無罪を確信していた。

だが、いま、すべてはもろくも崩れ去った。

さすがに警察・検察は多くの事実を摑んでいた。

「まぁ、いま話した事実は揺るぎないものなんだよ。浦上を殺したのは内藤以外にはあり得ない。キミがどんなに頑張ってみても時間と労力の無駄さ」

「時間を取ってくれてありがとう。今日は帰ります」

桜子は椅子から立ち上がって勝行に頭を下げた。

「内藤に罪を認めることを諭すのが、弁護人としてのキミのつとめだよ。それはわかってほしい。追い詰められた動機には同情できる点もあるからね」

背中から追いかけてくる勝行の言葉が遠くでぼんやりと響いているような気がした。

5

時計の針は四時を廻ったところだったが、桜子は疲れ切っていた。しかも六時半には成城警察署に辿り着かなければならない。

二時間ほどをどう過ごすか考えて、桜子は内藤の事件についていままで集めた情報を整理することにした。成城警察署近くの静かな場所を求めてスマホで検索を掛けてみた。

外は真夏の太陽が照りつけているので、もちろん屋内の涼しい場所を探さなければならない。

ふだん行かない場所がよかった。

結局、以前一度訪ねたことのある多摩川の河畔近くにある《トモエ・カフェ》に場所を定めた。

土岐はいったん屋敷に戻して、六時くらいに迎えに来るように告げてクルマを降りてカフェに入っていった。

このカフェはテラス席に出ると多摩川の河川敷の草地が望めて気分がいい。

だが、今日はあえて店の隅の静かな席を選んだ。

中途半端な時間帯とあって、店内では若い女性の二人組がお茶を楽しんでいるだけだった。

桜子はコーヒーと抹茶のチーズケーキを頼んで席に陣取った。

手帳を広げて必要な内容を小ぶりのノートパソコンにまとめてゆく。

しばらく作業を続けて全体像を眺める。

手帳とは別のA5サイズのノートにいくつものフローチャートを描いてみる。

デジタルとアナログをハイブリッドさせると、思考がはかどるような気がする。

しかし、どう考えても内藤の無罪を主張できるような材料には乏しかった。また、ほかの犯人像も少しも見えてこなかった。

舞台の袖から何者かが侵入したかとの桜子の問いに、逸見はこう答えていた。

――あり得ませんよ。忍者でもない限り……。

では、忍者や特殊部隊ならどうだろう。

・舞台の袖からドローンを飛ばして毒を注入する

・舞台の袖から矢やなんらかの飛び道具を使って毒を注入する

・自分の身体をワイヤーで吊った犯人が空中から襲撃する

まったく以て荒唐無稽なアイディアしか出てこない。

桜子は自分の愚かしさに苦笑するしかなかった。

どんなB級映画でも、こんな殺害方法では視聴者は納得してくれないだろう。

(やはり内藤さんの犯行なのだろうか)

単なる口論による恨みではなく、もし本当に仕事を干される怖れが出てくるとなると、じゅうぶんに動機として成り立ち得る。経済的につらいのはもちろんのことだが、それ以上に音楽家として自分の腕を振るう機会を奪われるつらさは生命を脅かすほどのものに違いない。

まして、内藤の生い立ちを考えれば、ヴァイオリニストとしての活動は、自分を愛し期待し死んでいった母への鎮魂歌であるのかもしれない。

スマホが鳴動した。事務所の政志からだった。

東京地裁から勾留決定の連絡があったとの電話が入ったのである。勾留決定は裁判官の勾留質問の当日の夕方に東京地裁の刑事第十四部から弁護士あてに連絡されることになっている。

今日の接見は本当に気が重いものだった。

しかし、時計の針は確実に進んでゆき、前の道路にアルナージが現れた。

＊

三十分後、桜子は成城警察署の接見室のドアを開けていた。

接見室に現れた内藤は意外と元気そうに見えた。

「ご機嫌よう。昨夜はよく眠れましたか」

パイプ椅子に座った桜子はアクリル板の向こうにやわらかい声で呼びかけた。

「こんにちは……一昨日も昨日もあまり眠れませんでした」

内藤は口を尖らせた。

「寝不足はつらいですね。それで、身体の状態はいかがですか」

　まずは被疑者の健康状態や精神状態をチェックする必要がある。身柄を拘束されている被疑者はとにかく孤独だ。心身の調子を崩す者は少なくない。

　桜子は内藤の顔をしっかりと眺めた。両目の下にうっすらとクマができているが、顔色そのものは悪くない。

「きちんとホルモン製剤も打っていますし、とくに問題はありません」

とりあえずほっとした。心身に故障が出てくれば、正しい取調も弁護活動も難しくなる。

「残念ながら、勾留決定が出ました。あなたは十日間は、この成城警察署や検察庁で取調を受けることとなります」

「はい……刑事から言われました。まずは十日、がっちり調べ続けると」

「前にも言いましたが、さらに十日延長される可能性が高いです」

「ええ……刑事もそう言っていました。間違いなく二十日間は帰れないだろうって……でも、僕は頑張り抜きます」

　内藤の瞳にはつよい光が宿っていた。

「今日は裁判所に呼ばれたのですよね」

「ええ、裁判所の地下にある大きな病院の診察室みたいに扉が並んでいる場所に連れて行かれました。扉の中にいたのは若い裁判官だったんですが、刑事たちと違ってすごくジェントルでした。でも、とにかく嫌っていうくらい待たされて疲れました。昨日の待機場所に比べればずっとマシですが」

いきなり内藤は顔じゅうの筋肉を震わせた。

「先生、僕は悔しいです」

喉の奥から絞り出すような声だった。

「身に覚えのないことで拘束されているからですね」

「はい、何度も言いましたが、僕は浦上先生を深く尊敬していました。先生は僕の大恩人です。そんな先生を手に掛けるだなんて……あり得ません。疑われていること自体が悔しいんです」

内藤が歯噛みする音が響くようだった。

桜子は内藤が少し落ち着くのを待って口を開いた。

「昨日、あなたと四重奏楽団を組んでいた遊佐茉里奈さんと逸見繁則さんに会ってきました」

「二人とも僕のことをなんか言っていましたか」

内藤は身を乗り出して訊いた。

「あなたが人を殺すとは思えない。まして浦上先生を手に掛けるなんて信じられないというような趣旨のことを言ってました」

「そうですか、二人は僕を信じてくれているんだ」

内藤は少しだけ明るい顔になった。

「そこで伺った話で、いくつか内藤さんに確認したいことがあるのです」

「なんでしょうか」

「あのとき……ステージの照明が落ちたときに、あなたは舞台の袖から誰かが近づくような気配を感じましたか」

「いいえ、そんな人はいませんでした。間違いありません」

内藤もきっぱりと断言した。

「では、遊佐さんや逸見さんに犯行は可能だったでしょうか」

「いいえ、位置関係からしてどだい無理な話です」

真剣な顔つきで内藤は答えた。

続いて桜子は茉里奈から聞いた楽屋での紗也香と内藤の口論について、メモした内容を話して聞かせた。

内藤は驚きを隠せないようだった。

「誰が聞いていたのですか？　遊佐さんですか」

「それにはお答えできませんが、この会話の内容に間違っているところはありますか」

「細かい言葉は違っているかもしれませんが、内容はすべてそのとおりです。口論ではなく、浦上先生が僕を叱っていただけです」

少しうつむいて内藤は答えた。

「なぜ、あなたは浦上先生の忠告を無視してカピキオーニを購入したのですか」

「反対される理由が納得できなかったからです」

顔を上げた内藤は語気強く答えた。

「分不相応という理由がですか？」

「はい、浦上先生は最初はカピキオーニの購入には反対していなかったのですよ」

「そうなんですか」

桜子の胸はあやしく騒いだ。

「むしろ『内藤くんもそろそろいい楽器を使ってもいい頃ね』などとおっしゃっていたのです」

「それがどうして反対の姿勢をお取りになったんですか」

「わかりません。急に分不相応だとおっしゃるようになって……」

内藤は沈んだ声で答えた。

「不思議ですね」

「ええ、購入する直前に先生の態度は百八十度変わってしまいました。僕は納得できずにカピキオーニを手放しませんでした。そうしたら、あの日のお説教となってしまったわけです」

「いままでもそんな風によくお説教をされていたのですか」

「いいえ、一色先生も浦上先生のお人柄はご存じでしょう？」

確かめるように内藤は桜子の顔をじっと見た。

「そうですね。音楽には厳しい先生でしたけれど、とてもおやさしかったですね」

「だから、ここのところの浦上先生の急変ぶりに僕は戸惑うばかりだったのです」

「浦上先生がカピキオーニがお嫌いだったわけではありませんよね」

わざわざカピキオーニを使ってCD－Rに演奏を録音するくらいだから、そんなはずはないだろう。

「いいえ、浦上先生もメインではありませんが、カピキオーニをお持ちでした。何度か考えてみましたが、先生のお気持ちは僕にはわからないことだらけなのです」

内藤は考えあぐねたようなぼんやりとした顔で答えた。

桜子にとってもこの問題は謎だった。

「ところで、あなたのカピキオーニは一千万円もする高価なものなのですか」

カピキオーニの価格を正確に知っている者はいなかった。本人に確認しなくてはならない。

「いいえもっと高いです。税込みで一千二百万円です」

「分不相応だと浦上先生はおっしゃっていましたよね」

「僕だってまだ早いとは思います。でも、よい楽器で素晴らしい演奏をすることは僕たちにとっていちばん大切にすべきことだと信じています。そのために貧乏して、たとえ毎日牛丼を食べていてもこころは豊かなのです」

桜子は牛丼三昧の政志を思い出した。

「二人のトラブルは多くの人が知っているのですか」

「少なくとも五人や十人は知っているでしょう」

「それはクラシック界の方々ですね」

「もちろんそうです」

「話は変わりますが、あなたは天才少年と呼ばれていたそうですね」

「オーバーですよ。小学校低学年からいくつかのコンクールで賞を取っていたので、そんな呼び方をする人もいたようですが……」

内藤はわずかに頰を染めた。

「でも、ご両親はあなたに期待を掛けていらっしゃったのでしょう？」

「ええ、とくに音楽の教員だった母は、僕にすごく期待してくれていました。高校生のときに事故で亡くしましたが」

「伺いました。お気の毒に存じます」

　桜子はちょっと目を瞑ってかるく頭を下げた。

「ありがとうございます。あれから九年も経っています。最近ではようやく事実として受け止められるようになってきました」

「つらいお話を伺って申し訳ありませんが、交通事故だったのですよね」

「はい、事故の瞬間はなにがなんだかわかりませんでした。世界がぐるっと廻ったと思ったら全身に強い衝撃を受けて気を失ってしまいました」

　内藤は目を伏せた。

「あなたは意識不明の重体となったのですね」

　うなずいて内藤は話を続けた。

「僕の意識が戻ったとき、すでに母は帰らぬ人となっていたのです。僕は退院してからもしばらくの間、なにも考えられずなにもできなくなってしまいました。幼い頃から一日も弾かない日はなかったヴァイオリンですら一ヶ月以上は手に取ることができませんでした」

内藤の声ははっきりと湿っていた。

「だから芸名にお母さまの旧姓を使っているのですね」

「そうです。母への感謝と愛を込めて。そして、あの日の悲しみをいつまでも忘れないために僕は小早川を名乗っています」

「事故の後もお母さまのご期待に応えようとなさったのですね」

内藤の顔に明るい表情が戻った。

「だからプロになれたときには嬉しかった。僕は墓前で母のいちばん好きだった曲、パガニーニの『カプリース』二十四番を献呈しました」

桜子の心臓は大きく拍動した。紗也香からプレゼントされたCD‐Rのその曲ではないか。

「大変に有名なヴァイオリン独奏曲ですね。フランス語で奇想曲という意味ですよね」

あえて平板な声を桜子は作った。

「イタリア語では『カプリッチョ』……気まぐれを意味する言葉です。形式にとらわれない自由な曲を意味する言葉です」

「チャイコフスキーの『イタリア奇想曲』や、リムスキー＝コルサコフの『スペイン奇想曲』なども知られていますね」

「ええ、その二つは管弦楽曲ですが、きわめて自由な技法で構成されています」

「パガニーニはヴァイオリンの名手でしたね」

「そうです。彼はあまりにヴァイオリンがうまかったので『悪魔に魂を売り渡してその代償として超絶技巧を手に入れたのだ』と噂されていたそうです」

内藤は嬉しそうな笑みを浮かべて言葉を継いだ。

「十九世紀初頭に作曲された『カプリース』も難曲のひとつとされています。この曲は変奏部分がとても難しいのです。十六小節の有名な主題が展開されると、ありとあらゆる技巧が要求されます。オクターヴ奏法はもちろん、高音と低音が激しく繰り返されたり、極端な高音が続いたり、左手ピチカートが現れたり……まさにヴァイオリニストいじめの曲ですよ」

むしろ自信ありげな内藤の顔つきだった。

「そんな難しい曲をお母さまはお好きだったのですね」

「母は音大ではピアノ専攻で弦楽器は弾けません。『カプリース』は好きだったというよりも、僕に弾きこなしてほしかったのかもしれません。高校に入った頃から時々、弾いてほしいと言われましたから……こういう曲だとカピキオーニも使いがいがあるってもんです」

「そのお気持ちからカピキオーニを購入したのですね」

「いえ、カピキオーニは返しました」

「なんですって！」

桜子は我が耳を疑った。

「だって、土曜日のコンサートでもお弾きになったって遊佐さんもおっしゃっていました」

「たしかにあのステージではカピキオーニを弾きましたよ」

「その後に返したのですか」

「浦上先生がどうしても認めてくださらないので、ちょっと前から返すべきかずいぶん悩んでいたのです。でも、あの事件があって、先生が亡くなられたのでどうしてもそのまま持っている気にならず、日曜日に楽器店に引き取ってもらいました」

「本当ですか」

「三ヶ月はお試し期間で気に入らなかったら返せる契約になっていました。ヴァイオリンは実際に弾いてみないとその本当の価値はわかりませんからね。保証金の百二十万円はすっ飛びましたが、仕方ありません」

「それでは、問題のカピキオーニは、いまは持っていないのですね……」

あまりにも意外な話で桜子は混乱していた。

「前に使っていたイタリアの新作ヴァイオリンはまだ手放してなかったので、これからもその楽器を使おうと考えていたのですが、もう演奏活動はできないかもしれない……」

内藤は力なく肩を落とした。

「ちなみにカピキオーニは、どちらの楽器店で購入したのですか」

「銀座で高級弦楽器を専門に取り扱っている《響音堂》です」

「大きなお店ですか」

「いえ、店舗は本当に小さなものです。ショーケースに入っている楽器はつまらないものばかりですし……紹介のあった顧客だけに高級楽器を売っています。高級楽器に対する演奏家の憧れがわかっている楽器店ですよ」

一度、その楽器店も訪ねてみようと桜子は思った。

「ところで……浦上先生がカピキオーニで『カプリース』の二十四番をお弾きになったCD－Rがあるのをご存じですか」

「知りませんでした。そんな録音があったのですか」

内藤は目を見開いた。

「はい、なぜか同じ曲がカピキオーニの1と2というかたちで二回録音されています。どうして浦上先生はそんな録音をなさったのでしょうか」

「聴いてみないとなんとも言えませんが、弾き方になんらかの違いを持たせた実験的な録音なのではないでしょうか」

「わたくしが聴いたところでは大きな違いはないようなのですが」

「そうですか、いや、やっぱり実際に聴かないとわからないですね」

桜子としては、例のCD－Rをぜひ内藤に聴いてほしかった。

法務省の通達によれば、弁護人の接見ではカメラ、ビデオカメラ、携帯電話の使用は禁じられているが、刑事訴訟法にこれを禁ずる規定は存在しない。日本弁護士連合会は弁護士の接見交通権の範囲内にあるものだと考えており、通達を違法だと主張して法務省と対立姿勢を取っている。

一方、録音機、映像再生機またはパソコンの使用はあらかじめ申出をすることになっている。

オーディオプレーヤーについては明言されていないが、映像再生機に準ずるものとして許可される可能性もあった。

しかし、あの二つのテイクに微妙な違いがあるとしてもこんな場所で聴いてわかるとは思えなかった。

今夜の接見でも、内藤が嘘を言っているとは感じられなかった。

しかし、状況証拠は圧倒的に内藤に不利である。

内藤の容疑が間違いであるとすれば、突破口はいったいどこにあるのだろうか。

「明日は朝から取調が始まると思います。とにかく身に覚えのないことは絶対に口にしないでください。取調内容は『被疑者ノート』にできるだけ記録してほしいです。前にも言いましたが、記録内容は取調官に見せてはいけません」

「頑張ります。僕は闘い続けます」

内藤は目を輝かせた。

「原則として取調は午前五時から午後十時の間に行われることとなっています。深夜の取調やあまりにも長時間の取調があった場合には必ずわたくしに伝えてください。そのほかにも暴行を受けたり侮辱を受けたりしたら報告してくださいね」

「わかりました」

「いま困っていることはなにかありませんか」

「ひとつだけあります。下着ですね……」

内藤は顔を曇らせた。

下着は留置場内では購入できず、古着を借りることになる。もちろん洗濯は済ませてあるが、気持ちのいいものではない。

「後で差し入れますので使ってください」

桜子は前回の事件で学んだので、コンビニで土岐に買ってきてもらっていた。

「わざわざ用意してくださったのですか……」

内藤は声を詰まらせた。

「あと、これは困っていることではないのですが……」

「なんでも言ってください」

「浦上先生のお通夜やお葬式に出席できないのがつらいです」

「お気持ちはよくわかります」

「先生はここ五年の間にご両親を病気で亡くされていて、ご親族は横浜にお住まいの妹さんお一人なんです。できればなにかお手伝いしたかったです。それから……」

「なんでしょう」

「もし妹さんにお許し頂けるのなら、先生の御魂にヴァイオリンをお聴き頂きたいのです。僕の哀悼の気持ちを御霊前に捧げたいのです。告別式では難しいでしょうからお通夜の終わった後にでもと思っていたのですが、無理な話となってしまいました」

内藤は唇を噛みしめてうつむいた。

この男が紗也香を手に掛けたとはどうしても思えなかった。

だが、内藤を通夜の席に連れて行くことは絶望的だ。

希望的な言葉を掛けられない自分が、桜子は悔しかった。

「では、明日もこの時間帯に接見に来る予定です。もし、来られなかったら明後日には必ず来ます。強い気持ちを持って頑張ってください」

「本当にありがとうございます。弁護士の先生がこんなにありがたい存在だとはまったく知りませんでした」

「ではご機嫌よう」

深々と頭を下げる内藤をアクリル板の向こうに残して桜子は接見室を出た。

成城警察署を後にして環八を南へ下るアルナージのなかで、桜子は今日の接見を振り返っていた。

解かなければならない謎はいくつもある。

しかし、桜子には内藤の犯行とはどうしても思えなかった。

カピキオーニを楽器店に返したということは、紗也香の忠告を聞き入れたわけである。それは内藤の真摯な反省の意思と見ることもできる。

反対に紗也香を手に掛けた後で悔恨の気持ちに襲われ、手元に置くのが嫌になってしまったのかもしれない。

それにしてもカピキオーニの名がタイトルに入ったあのＣＤ－Ｒはどういう意味を持っているのだろうか。またなぜ、紗也香はあの録音盤を桜子に託したのだろうか。

本人にそのつもりはなかったとしても、カピキオーニのＣＤ－Ｒは紛れもなく浦上紗也香の「遺書」となってしまった。

その遺書を読み解くのは自分に課された義務と桜子は感じていた。

(あのCD-Rを遊佐さんに聴いてもらえないかしら)

ヴィオリストであっても、微妙なヴァイオリンの音色の違いは聴き分けられるかもしれない。

桜子はスマホを取り出した。

「あら、一色先生、先ほどはどうも」

すぐに茉里奈の明るい声が響いた。

「先ほどはありがとうございました……無理なお願いがあるのですが」

「ご遠慮なくおっしゃって」

「実は浦上先生から頂いたCD-Rがありまして……」

桜子は『カプリース』の録音盤について詳しく話した。

「それは是が非でも拝聴したいです。でも、今夜はこれから主人と食事に出かける予定ですのよ。明日ではいかが?」

「助かります。何時に伺えばいいですか」

「九時前後にお越し頂けますか」

「わかりました。ではよろしくお願いします」

「いいえ、とても楽しみよ」

弾んだ声で茉里奈の電話は切れた。

環八は快適に流れていて、しばらく進むと右手に砧公園の緑が見えてきた。

(紗也香先生、待っていてください。必ず犯人を探し出してみせます)

悲劇の舞台を通過しながら桜子は紗也香の霊に誓った。

第三章　『カプリース』の謎

1

翌朝、桜子は九時ちょっと過ぎに専修大学生田キャンパス近くの茉里奈の家に着いた。

事務所には後で顔を出すと連絡を入れておいた。

今日も茉里奈は一人で出迎え、紅茶を淹れてくれた。カップは小花柄のウェッジウッドだった。今日の茉里奈はドレープの多い白いブラウスにタイトなキャメル色のスカート姿だった。茉里奈の品のよい容姿によく似合っていた。

「さっそくですが、昨夜お話ししたＣＤ‐Ｒです」

桜子はローテーブルの上にケースを置いた。

「『カプリース』の二十四番ですね。お電話を頂いたときからワクワクしていました」

茉里奈はケースから中身を取り出すと、ソファとは直角の壁際に置かれたオーディオセットに歩み寄った。

桜子の知らないトールボーイのスピーカーだったが、金色のプレートに記された文字はタンノイだった。

「タンノイですね」

桜子はちょっと嬉しくなって言った。

「クラシック、とくに室内楽の魅力をタンノイは引き出すと言われていますね。ある演奏家の方がタンノイの箱は弦楽器の胴と同じ鳴り方をすると言っていたので選びました」

「わたくしもタンノイを使っているんですよ」

「あら、やっぱりヴァイオリンを学んだ方だけあるわね」

茉里奈は嬉しそうに微笑んだ。

「最初の録音がカピキオーニ1です」

演奏が始まった。まわりの鳥の声が消えて、紗也香の弾く豊潤な音色がリビングにひろがった。

ソファに深く腰を埋めた茉里奈は、瞑目して『カプリース』に聴き入っている。

次々に現れるさまざまな技巧が、今日はなぜかとても楽しく感じられた。

「素晴らしい演奏だわ」

やがて演奏が終わると、茉里奈はうっとりと両目を開いた。

CDプレイヤーをリモコンでいったん止めた茉里奈は、桜子に向かってにっこりと微笑んだ。

「あの十六小節の主題をこれだけ巧みに、しかも楽々と……そう。鼻歌でも歌いながら弾いているように錯覚させるかろやかな演奏はあまり聴いたことがありません」

「そう。かろやかなのですよね」

茉里奈は深くうなずいた。

「さすがは浦上先生です。わたしが共演した日本人演奏家のなかでは間違いなくトップのお一人でしょう」

「浦上先生の音色は、いつも豊かで明るくのびのびとしていますよね」

「おわかりになる？　そうなのよ。お人柄そのままでしょ。聴衆に対する変な自己顕示欲も媚びもない。ただただヴァイオリンと音楽芸術を愛している演奏家だけが生み出せる純粋で高雅な音の響きなのよ」

茉里奈は感に堪えないような声を上げた。

「カピキオーニ2も楽しみね」

茉里奈はリモコンを手にした。

ふたたび瞑目した茉里奈は、さっき以上に真剣な顔つきで演奏に聴き入っている。

ときに小首を傾げたり、眉根にしわを寄せたりしてヴァイオリンの音色を検証している。

演奏が終わった。

茉里奈は目を開けると、口もとに笑みを浮かべた。

「胴の鳴り方にわずかな違いを感じます」

「本当ですか！　それでどんな違いでしょうか」

桜子は身を乗り出した。

「2よりも1のほうが深い鳴り方をしているように感じます」

「深い……とはどういう意味ですか」

「残響が少しだけ多いのです」

さすがはプロの演奏家だ。桜子は舌を巻いた。

「わたくしにはまったくわかりませんでした」

両者の音色がわずかに違うことはわかった。でも少なくとも、どこがどう違うかはわからなかった。

「決して大きな違いではありませんよ」

茉里奈は小さく笑って言葉を継いだ。

「ところで、この二つは違う個体だと思います」

「ほ、本当ですか」

訊き返す桜子の舌はもつれた。

「ええ、よく似ている音色の個体ですが、同じ楽器だとは思えません」

「では、浦上先生は二つの楽器の弾き比べをなさったわけですね」

「そういうことだと思います」

桜子は額に汗がにじむのを覚えた。

なんのために紗也香はカピキオーニの弾き比べなどをしたのだろう。

また、このうちの一つは内藤が入手したヴァイオリンなのだろうか。

「鳴り方が深いのであれば、1の個体のほうがよい音なのでしょうか」

「どちらがよいかとは、この録音を聴いただけでは判断できません。1はよりエッジが効いているとも言えますし、一方で厚みが足りないと見ることも可能でしょう」

「なるほど……」

「1の音を豊かと考えることもできると同時に、輪郭がぼやけていると評価しても間違いではありません。いずれにしてもそれなりのレベルのヴァイオリンの音色であることは間違いがありません。そもそもよい音というものは主観的なものなのです」

茉里奈は考え深げに言った。

「使っている楽器はカピキオーニで間違いないでしょうか」

「さぁ……それはわかりません。ただ、断言はできませんが、両方ともモダン・イタリアン・ヴァイオリンである可能性はあると思います」

「特徴的な音色なのですね」

「俗にドイツや日本のヴァイオリンは音色が暗く、フランスのそれは濁りが多いという意見を聞きますが、正しいとは言えません。ほかの国の音楽家は日本人ほどイタリアのヴァイオリン一辺倒ではないのです。ただ、モダン・イタリアン・ヴァイオリンは元気がよく明るくクリアな音色を生み出す場合が少なくないことは事実です。さらに、銘品となると、音色が充実しているばかりでなく、表現力が豊かなものです」

「この二つのヴァイオリンは銘品と言えますか？」

茉里奈はあいまいな笑顔を浮かべた。

「まぁそれなりのものでしょう。銘品は価格的にも驚くほどですので……」

銘品はもっと高価なヴァイオリンを指すのだと桜子は気づいた。

「では、内藤さんが入手した一千二百万円のカピキオーニと考えられますか」

「あら、一千二百万だったんですか？」

茉里奈は意外そうに訊いた。

「ええ、本人がそう言っていました。しかもあの事件の後で楽器店に返したそうです」

「知らなかった……そうだったんですか」

茉里奈は目を大きく見開いて言葉を継いだ。

「まぁ、弘之くんのカピキオーニの可能性はあります」

茉里奈は言葉を濁した。

「では、カピキオーニの1と2のどちらがすぐれている音を生み出すのかは、生音をお聴きになればわかりますか」

「さぁ……はっきりとは……」

茉里奈は自信のなさそうな顔で答えた。

いずれにしても、その機会は永遠にやって来ることはないはずだ。

「浦上先生が『カプリース』をお選びになった理由はわかる気がします。あの曲はとにかくあらゆる技法を用いる必要があります。だから、先生は、二つの個体差を試すためにあえてこの難曲をお選びになったのだと思います」

「なるほどよくわかりました」

茉里奈の言うとおりだろう。

「お聴かせ頂きありがとうございます。ヴィオラ奏者としても本当に勉強になります。もっともこんな派手な演奏は、ヴィオラには無縁ですが」

茉里奈は複雑な陰影のある微笑を浮かべた。

「大変に参考になりました」

「もしかすると、蒲生先生ならこの録音でも、二つの音色のきちんとした違いや楽器の優劣がわかるかもしれない」

思いついたように茉里奈は言った。

「土曜日の一部にご出演なさった日本芸術大学の蒲生和秀教授ですか」

「ええ、蒲生先生は日本を代表するヴァイオリニストですから、わたしなんかよりずっとすぐれた耳をお持ちかもしれませんよ」

「蒲生先生のご連絡先はご存じないのですよね」

「ええ……」

「やっぱり大学に連絡を入れてみます」

「ごめんなさい。お役に立てなくて」

茉里奈はかるく頭を下げた。

「ところで、内藤さんがカピキオーニを購入した銀座の《響音堂》という楽器店をご存じでしょうか」

「一部の演奏家がひいきにしていますね。わたしはいままで縁がなかったのですが」

「内藤さんから聞いたのですが、紹介者がいないと高級楽器は売ってもらえないそうですね」

「きっと質のよくない顧客をパージしようとしているのですよ」

「質のよくない顧客とはどういう人ですか」

「たとえば転売屋のような人とか、楽器の保管方法も知らないで投機の対象としか見ないような人のことです。世界的な銘器をこういう人が購入することを想像するとゾッとします」

「銘器が宝の持ち腐れになってしまいますね」

「持ち腐れどころか、この世に残された宝をダメにしてしまう怖れもあるのですから」

茉里奈は額に縦じわを寄せた。

「人類にとって大いなる損失ですね」

「そのとおりですよ。許されることではありません」

茉里奈は大きくうなずいて言葉を継いだ。

「その意味では、《響音堂》は、音楽芸術と楽器をまじめに愛する非常にすぐれた楽器商なのかもしれません」

桜子は《響音堂》も訪ねてみたいと考えた。

「住所をご存じですか」

「ちょっとお待ちください……たしかここにあったと思うけど……」

茉里奈はスマホを取り出して住所を探し出し画面を掲げて見せた。

桜子は銀座三丁目にある住所を手帳にメモした。

「ちなみに、遊佐さんがいつもおつきあいしている楽器店さんはどちらですか」

「わたしも銀座なんですが《クリエイティブ・アート》という弦楽器専門店です。本当に小さいお店なんですが、むかしヴァイオリニストだった石丸（いしまる）さんとおっしゃる方が一人でやっていらして、演奏家の気持ちに寄り添って相談に乗ってくれるのですごく助かっています。弦楽器はメンテナンスも大切ですので……」

桜子もメンテナンスをお願いしていた楽器店とはいまだにつきあいがある。

「今日は本当にありがとうございました」

「弘之くんの無実をどうか証明してください」

茉里奈は玄関口で深々と頭を下げた。

「朗報をお届けしたいです。では、ご機嫌よう」

蒲生教授に会って、このCDを聴かせたいと桜子は思った。

アルナージに戻った桜子は、ダメでもともとという気持ちで日本芸術大学に電話を掛けた。

総合受付で蒲生教授と話したいと伝えると、電話が切り替わった。

「音楽学部事務室です」

すぐに若い女性の声で応答があった。

「弁護士の一色と申します。大学院音楽研究科の蒲生和秀教授をお願いできますか」

「一色さまですね、お世話になっております。ご用件を伺えますでしょうか」

「わたくし殺人事件で逮捕されたヴァイオリニスト内藤弘之さんの弁護人をつとめております。日本芸術大学の卒業生の方です」

「はぁ……」

面食らったような声が返ってきた。

「実は事件の関係で蒲生先生にお目に掛かりたいのですが」

「蒲生教授にご面会をご希望なのですね」

「はい、ヴァイオリンに関する専門的なご意見を伺いたいのです」

「いつ頃をご希望でしょうか」

ようやく得心がいったような声が聞こえた。

「できるだけ早く、たとえば本日はいかがでしょうか」

「本日でございますか」

相手の声が気難しげに沈んだが、ここでひるむわけにはいかない。

「研究室のほうでもほかの場所でもどちらへでも伺いますが」

「教授にスケジュールを確認致します。しばらくお待ちくださいませ」

バッハの『メヌエット』の保留メロディが三分近くも耳元で続いていた。

「お待たせ致しました。正午から一時間程度でしたらお目に掛かれるそうです」

「ありがとうございます！」

桜子は喜びの声を上げて電話を切った。

「日本芸術大学ですと、上野でございますね」

「そうね。どれくらい掛かるかしら」

土岐は即座に答えた。

「混雑の状況にもよりますが、まずは一時間と見てよろしいかと」

「では、その前に銀座に寄れるわね」

桜子は《響音堂》を訪ねてみたいと思った。

「はい、経路上とも申せますので」

「では、銀座三丁目に向かってちょうだい」

「かしこまりました」

土岐は明るい声で答えた。

2

道路は比較的空いていて四十分くらいで銀座三丁目に着いた。

茉里奈から教えてもらった住所のあるあたりは、銀座らしい華やかさを感じさせない地味な裏通りだった。

四階建ての古いマンションの一階の白壁に《響音堂》と刻まれたブラス製の小さな看板が出ていた。

店の外には商品の展示はなく、半間幅くらいのイタリア風の引き戸があるだけだった。

看板がなければ店舗であることもわかりにくく、とても入りづらい雰囲気だった。

だが、桜子の職業意識は躊躇（ちゅうちょ）なく引き戸を開けさせた。

店内には一間幅くらいのガラスのショーケースがあって、十挺ほどのヴァイオリンが陳列されていた。

内藤は「ショーケースに入っている楽器はつまらないものばかり」と言っていたが、桜子の目からはそれなりに美しいヴァイオリンに見えた。

「いらっしゃいませ」

店の奥に置いてあるレザーソファから六十代初めくらいの中背の男が立ち上がった。

「ご機嫌よう。内藤弘之さんのご紹介で伺いました」

「えっ」

男は一瞬、仰（の）け反ったがすぐに姿勢を立て直した。

「どちらさまで」

「弁護士の一色です」

男は目を見開いた。

「ご主人でいらっしゃいますか」

桜子は名刺を差し出した。

「はい、この店を経営しています尼子（あまご）と申します」

気を取り直したように尼子は答えた。

差し出した名刺には「(株) 響音堂　代表取締役社長　尼子清昭（きよあき）」とある。

「まぁ、お掛けください」

尼子はソファを掌で指し示した。

「いま、お茶を……」

尼子は身を翻そうとした。

「どうぞお構いなく。二、三、お話を伺ったら、すぐにおいとま致しますので」

桜子はソファに腰掛けた。

「それでは失礼して掛けさせて頂きます」

尼子は対峙して座った。

髪を後ろに撫でつけ、青白い顔にシルバーフレームのめがねを掛けた尼子は、どこか几帳面な雰囲気の男だった。

楽器商というよりも銀行の支店長といった雰囲気を持っていた。

身体にぴったり合っているグレーのサマースーツは見るからに生地がよい。

桜子は革手帳をローテーブルに広げてボールペンを取り出した。

尼子は神経質な目でちらっと桜子を見てから口を開いた。

「ところで弁護士さんがうちのような楽器屋にどのようなご用件でございましょうか」

「実はわたくし内藤さんの刑事弁護人をつとめております」

尼子の表情は少しも変わらなかった。

「なるほど……それで今日はどのような？」

「内藤さんは一ヶ月ほど前に、こちらのお店でカピキオーニのヴァイオリンをお求めになりましたよね」

「ええ、ですが、お試し期間のうちにお返しになりましたよ」

躊躇なく尼子は答えた。

「そう伺っています。内藤さんのお返しになったカピキオーニを拝見したいのですが」

「お目に掛けたいのはやまやまですが……無理です」

「どうしてですか」

「お世話になっているロンドン在住のフランス人バイヤーが購入しました。すでに美術品輸送会社に依頼していますので、いま頃は成田空港の貨物ターミナルにあると思います」

尼子は表情を変えなかった。

「それは残念です。いつ頃のことですか」

「今週の月曜日です」

内藤が返した翌日だが、この素早い売却には何か意味があるのだろうか。

「その方にはいくらぐらいでお売りになったのですか」

「それはお客さまのプライバシーにも関わりますのでお答えできません」

尼子は平板な声で答えた。

「では、写真などはありませんか」

「いいえ、うちはお客さまと直接お取引を致しますので写真は撮りません。だいいち写真でヴァイオリンの良し悪しはわかりませんから」

よどみなく顔つきも変えずに尼子は答え続ける。尼子は自分の内心を表に出さないことに長けているように感じられた。

「鑑定書などはついているのですか」

ふと思いついて桜子は尋ねてみた。

「いいえ、今回はまだついておりませんでした」

「では、フランス人バイヤーさんは鑑定書なしで購入したのですね」

「きちんと目の利く方ですから、すぐにお決めになりました。本国であらためて鑑定を依頼するのでしょう」

「内藤さんも鑑定書なしで購入したのですか」

「鑑定書はある高名な先生が発行する予定でございました」

「鑑定書を待ってから購入してもよかったわけですよね」

「内藤さまはあのカピキオーニを一目見て気に入ってしまわれ、鑑定書は後でいいからとおっしゃってお持ちになったのです」

「こちらのお店で扱うヴァイオリンのなかで、内藤さんのカピキオーニは高価なほうでしょうか」

「オールド・モデルに比べたら十分の一ほどです。うちで扱っている楽器のなかでは、一番お求めになりやすいクラスになります」

尼子は低く笑った。

「内藤さんが入手したカピキオーニはもちろん真作ですよね」

桜子の問いに尼子はさすがに目を剝いた。

「失礼なことをおっしゃいますね」

「念のためのお伺いです」

桜子は平然と言葉を重ねた。

「うちで取り扱うオールド・イタリアンとモダン・イタリアンはすべて真贋保証つきです。ふだんは必ず鑑定書はついております」

尼子は不快そうに顔をしかめた。

「すみません、職業上こういう質問をする必要がありましたので、どうかご容赦ください」

「本当に失礼なことをおっしゃる」

尼子は吐き捨てるように言ったが、表情の変化は少なかった。

「ところで、内藤さんのカピキオーニを鑑定する予定だった高名な先生は日本芸術大学の蒲生和秀教授ではありませんか」

攻勢を掛けたつもりだったが、尼子は穏やかに答えた。

「そのご質問にお答えするのは無理でございます」

「なぜですか」

「予定は予定であって、どなたにお願いするかは流動的ですので」

「国分寺音楽大学の浦上准教授に依頼することもあり得ましたか」

「まぁ……それは……あったかもしれませんね」

尼子はのれんに腕押しといった答えを返した。

「内藤さんはカピキオーニが必要なくなったので返却したのですか」

「ま、結局はそういうことになりますが、楽器が気に入らなかったわけではないと思いますよ」

「もしかすると、尼子さんは浦上先生と内藤さんのトラブルをご存じなのでしょうか」

「さぁ……詳しいことは知りません。なんでも恩人への義理が悪くなるので返すというようなお話でしたね」

桜子のこの問いもはぐらかされた。

尼子は何かを隠しているように感じられたが、真実を引き出すことは困難だと桜子は感じていた。

「ありがとうございました。後日、裁判で証言して頂くことがあるかもしれません。そのおりはよろしくお願いします」

「承知致しました」

尼子は相変わらず、穏やかな表情で静かに答えた。

暗に偽証罪を匂わせて、隠している事実を引き出そうとしたが、無駄だった。

店を出ると、アルナージが近づいて来た。

3

銀座周辺は混んでいたが、それでもすぐに上野に到着した。

我が国唯一の国立総合芸術大学であり、音楽界と美術界に数え切れない人材を輩出してきた日本芸術大学は、うっそうとした上野の森に囲まれている。

都道四五二号線の左手には美術学部系の校舎が、右手には音楽学部系の校舎が建ち並んでいた。

レンガ材のクラシカルな門を通って音楽学部の総合受付で尋ねて中央棟にある蒲生和秀教授の研究室に辿り着いた。

インターフォンで来訪を告げると、ドアが開いて派手なドレスシャツ姿の蒲生が現れた。

ブルーカナールを基調に、オレンジや明るいブラウンでアールヌーヴォー調の花柄を描いたシャツは、高い鼻と鋭い目つきが際立つ個性的な顔立ちによく似合っていた。

「これはようこそお越しくださいました」

「お忙しいところ、お時間を頂戴してまことに恐縮です」

「まずはお入りください」

蒲生はにこやかに室内に手を差し伸ばした。

ステージでのモーニング姿とは違って気難しげな感じはまったくなかった。ファッションにも表情にも、蒲生は小粋でおしゃれな雰囲気を漂わせている。

クリア塗装の有孔ボードで囲まれた室内は思ったよりも明るかった。伴奏用のアップライトピアノが目立つが、事務机と接客セットのソファやいくつかの椅子以外はちょっとした本棚があるくらいのさっぱりした部屋だった。

窓の外には緑陰の濃い木々が夏の陽光につやつやと輝いて揺れている。

遮音が行き届いているのか、風の音やセミの声は室内には入ってこなかった。

「暑い日が続いていますね」

ソファにどっかと座った蒲生は如才なく笑みを浮かべた。

「夏バテが心配な季節になってきましたね」

桜子は答えたが、むろん室内にはエアコンがちょうどよく効いている。

蒲生はローテーブルに置かれたペットボトルのお茶をすすめながら、声を落として訊いた。

「ところで浦上さんの事件のことでお見えだそうですな」

「はい、わたくし、内藤弘之さんの刑事弁護を担当しております」

「ほう、それは……」

蒲生は言葉ほど驚いているようには見えなかった。

「うちにも刑事が二人来ていろいろと聞いていった。わたしのところに来たって無駄なんだが、会わないわけにもいかないからね。いい迷惑だったよ」

いきなりやってきた桜子に当てこすりを言っているのでないことは表情からもわかった。

「それはお疲れさまでした」

「しかし、とんでもない話だね。長年可愛がってくれた恩師を手に掛けるなんてね」

蒲生は苦々しげな表情を見せた。

「内藤さんは一切身に覚えがないと言っています」

「まさか……あなたはそれを信じているわけじゃないんでしょうね」

笑いまじりに蒲生は訊いた。

「被疑者や被告人を信じるのが弁護活動の第一歩です」

「弁護士さんなんて稼業は大変だね。嘘でも建前でも信じてるって言わなきゃいけないんだから」

皮肉のようにも聞こえる言葉だが、蒲生の顔はまじめだった。

「いえ、本当に信じているんです。真犯人は別にいると思います」

「うちへ来た刑事ははっきり言わなかったが、報道で見聞きした話では、間違いなく内藤くんの犯行だということだったが……」

蒲生は不思議そうに訊いた。

「ご本人はまったく身に覚えがないと言っていますし、内藤さんが起こした事件とは考えられない点が多々出て参りました」

「なるほど、そうあってほしいねぇ。我が国の音楽界は優秀な人材を失わずに済むんだから」

嘆息するような蒲生の声音だった。

「蒲生先生は内藤さんをよくご存じなんですか」

「もちろんよく知っていますよ」

笑みを浮かべたまま、蒲生は言葉を継いだ。

「うちの学生だったからね。しかも内藤くんは大変に優秀だった。子どもの頃からの縁で浦上くんの指導を受けていたから仕方ないが、できればわたしが弟子に取りたかったくらいだよ」

蒲生は好意的な笑みを浮かべた。

「そんなに優秀な学生さんでしたか」

「少なくとも、ここ十年のヴァイオリン専攻の学生のなかでは出色の青年だった。もっともこんな事件を起こすとは夢にも思っていなかったがね」

「先にも申しましたが、わたくしは内藤さんの犯行とは考えておりません」

「ああ、そうだったね。うん、わたしが知る限りでも恩師を殺すなんてそんな男には見えなかった」

いささか気まずそうに蒲生は答えた。

桜子はいよいよ本題を切り出すことにした。

「大変恐縮なのですが、この録音盤をお聴き頂けませんでしょうか」

ローテーブルの上に桜子はCD－Rを静かに置いた。

「これはなんのCDなんですか」

蒲生はプラケースを手に取って眺めながら尋ねた。

「亡くなった浦上紗也香先生が生前最後に録音されたパガニーニの『カプリース』の第二十四番です」

一瞬、蒲生の表情に小さな衝撃が走ったように見えた。

「そんなものが残っていたのか」

蒲生は低くうなった。

「CDテキストに残された記録によればカピキオーニを使って録音された演奏のようです」

ゆっくりと蒲生はうなずいた。

「カピキオーニか。モダン・ヴァイオリンとしては著名な作者だ」

「はい、しかもカピキオーニを使って、同じ二十四番を二度録音してあります」

蒲生はけげんそうに眉根を寄せた。

「クワジ・プレストを二回繰り返して録音してあると言うのか」

クワジ・プレストとはこの二十四番の別称である。

額の汗をハンカチで拭って蒲生は言葉を継いだ。

「ヴィルトゥオーゾ・ヴァイオリニストは必ず弾く曲だが、浦上さんはいったいなんでそんなことをしたんだ」

ヴィルトゥオーゾとは音楽の名手という意味のイタリア語である。

「わたくしにもまったくわからないのです。なにかのメッセージなのかもしれません」

「まさか……ダイイングメッセージなのか」

蒲生は低くうなった。

死に臨んで発したわけではないので、正確にはもちろんダイイングメッセージではない。

「そこで、日本の音楽界を代表するヴァイオリニストでいらっしゃる蒲生先生に二つの演奏を聴き比べて頂きたいと思うのです」

「ははは、ご期待に応えられるかはわかりませんよ」

一転して蒲生は機嫌のよい笑い声を立てた。

承諾の意思と受け取ってよさそうだ。

「なにとぞよろしくお願い致します」

桜子は丁重に頭を下げた。

「まぁ、とにかく聴いてみよう」

蒲生はかるくうなずくと、ＣＤ‐Ｒを部屋の隅に置いてあるコンパクトなオーディオにセットした。

ソファに戻った蒲生がリモコンを操作すると、紗也香の弾くあの豊かな音色が室内を潤いのある空間に変えていった。

目をつむった蒲生は眉間に深い縦じわを寄せて演奏に聴き入っている。

ステージの上と同じような気難しい表情だった。

紗也香が生み出す音色に耳を傾けている蒲生は、あたかも音の粒ひとつひとつを噛みしめているように見えた。

曲が終わると、蒲生はほっと息をついて桜子の顔を見てかるくあごを引いた。

「続いて二回目の演奏です」

ふたたび蒲生は瞑目して唇を引き結んで厳しい顔つきで演奏に聴き入った。

一回目と比べてさらに真剣な表情のようにも感じられた。

二回目の演奏が終わった。

蒲生は大きく息を吐きだした。

「この二つの演奏は同じヴァイオリンでしょうか」

「いや、胴の鳴り響き方と音の放射が違う」

気難しげな表情のまま蒲生は答えた。

「違うヴァイオリンですか」

「たしかに違う個体だ」

　蒲生ははっきりと言い切った。

「カピキオーニですか」

「実物を見もせず、実際の音色を聴かないのに断定するわけにはいかないが、ともにカピキオーニの可能性はあるだろう」

　蒲生は慎重に言葉を選んでいるように感じられた。

「二つの楽器に優劣はありますか」

　桜子は期待を込めて訊いた。

「この録音だけでの評論はあえて避けたいが、どちらもよい音色だ」

　蒲生の声には自信がこもっていた。

「実はヴィオリストの遊佐茉里奈さんにも聴いて頂いたのです」

　蒲生の表情がこわばった。

「本当かね」

　日本有数のヴァイオリニストのプライドを傷つけたかと桜子は不安になった。

「すみません、本当は蒲生先生にお聴き頂くだけでよかったのですが、遊佐さんには早くにお目に掛かれましたので……」

桜子は言い訳にならない言い訳をした。

「で、彼女はなんと？」

「蒲生先生と同じお答えでした。違う個体だけど優劣はつけられないというお答えでした」

一瞬、蒲生の唇が震えたようにも見えた。

だが、すぐに蒲生は顔じゅうに笑みを浮かべて言った。

「そうだろう。そうだろう。まともな耳を持っている演奏家ならそう答えるはずだ」

蒲生は何度もうなずいて言葉を継いだ。

「ただ、モダン・イタリアン・ヴァイオリンだと思うけどカピキオーニかどうかはわからないとおっしゃっていました」

「まぁ、そのあたりの可能性まで言及できるのはわたしだけだろうね」

上機嫌な蒲生の声だった。

「なぜ浦上先生は同じ曲を違う個体で演奏なさったのでしょう」

「浦上くんは実に研究熱心だったからね。二つのカピキオーニの音の違いを『カプリース』というさまざまな技法を使う曲で試したかったのだろう」

「でも、蒲生先生がお聴きになっても、二つの個体には優劣がつかないのですよね」

「わたしはこんなことはしないので、彼女の考えはわからないな。もっとも、わたしはオールド・モデルには詳しいつもりだが、モダンとなると浦上くんのほうがずっとよく知っていたのではないのかな。この二つのヴァイオリンと出会った彼女にはなにか感ずるところがあったのだろう」

自信なさそうに蒲生は答えた。

蒲生の答えも茉里奈と大きく変わるところはなかった。

だが、日本有数のヴァイオリニストが、違う個体だと明言した意味は決して小さくなかった。

「ところで、この演奏をもっとよく研究したいので、コピーさせてもらえないかな」

「ええ、もちろんかまいません」

蒲生は事務机の上に起ち上がっていたパソコンのスロットにCD－Rを入れてハードディスクにコピーをとった。

CD－Rを返してもらいながら桜子はほかの質問に移った。

「話は変わりますが、銀座の《響音堂》という楽器店をご存じですか」

「ああ、なかなかよい楽器を扱っている店だね。わたしは買ったことはないが」

「お取引はないのですか」

「いや、まったくつきあいがないわけではないが……」

蒲生の言葉を遮って内線電話の呼び出し音が鳴った。

「ちょっと失礼」

蒲生は受話器を耳に当て、電話機の液晶パネルを操作した。

「いま、来客中なんで後にしてくれ」

不機嫌な声で蒲生は答えた。

「後にしてくれと言っているんだよ」

蒲生の声が尖った。

わずかに間があった。交換手が何かを伝えている。

「わかった。つないでくれ」

あきらめたような声で蒲生が答えると、回線はすぐにつながったようだ。

電話の相手はしばらく一方的に喋（しゃべ）っていた。

内容は聞こえてこないが、蒲生は時々低くうなっているだけで自分からは言葉を発しなかった。

「いや、それは君の気の廻しすぎじゃあないな」

天井を向いて蒲生が答えると、通話相手はまた喋り続けた。

「そうだ。決して間違いではない。いま来客中なので、一時間後に電話をくれるかね」

それだけ言って蒲生は電話を切った。

桜子は奇妙な感覚を受けた。会話としては圧倒的に発話量が違った。

「お忙しいところお邪魔致しました」

桜子が辞去しようとすると、蒲生は笑顔で引き留めた。

「まぁいいじゃないか。もう少しおしゃべりを続けよう」

「はぁ……わかりました」

用件は済んだが、そう言われるとすぐに退散するわけにはいかなかった。

「ところで、パガニーニってのはおもしろい男でね。ばくちと女が大好きだった。ばくちで大負けして演奏会の前日にヴァイオリンを巻き上げられて大弱りに弱ったこともあるんだ」

「先生ならどうなさいます」

「ふたつにひとつだな。女を拝み倒して借金するか、もう一回ばくちをして取り戻すかだ」

「ご冗談ばっかり」

しばらく蒲生は『カプリース』の作曲者であるニコロ・パガニーニのエピソードを話してくれた。

蒲生はユーモアに富んだ話し上手だった。講義を聴く学生たちにも人気があるに違いない。

結局、約束の一時間を十分ほどオーバーして、桜子は蒲生のもとを辞去した。

「またお目に掛かりたいな。一色先生は音楽のことをなかなかよくわかっていらっしゃる」

笑みをたたえて蒲生は言った。

「ありがとうございます。わたくしもまたお目に掛かりたいです」

「今度、ぜひまたわたしのコンサートにお越しください。フライヤーをお送りしますよ」

「楽しみにしております」

「ではまた」

桜子が建物の外に出ると、まわりの照葉樹からアブラゼミの鳴き声がシャワーのように降りかかってきた。

木々を渡る風は東京の真ん中にいるとは思えぬほどさわやかだった。

4

夕刻の六時半に三度目の接見をしに成城警察署に行くことができた。

アクリル板の向こうに現れた内藤は昨日より少しやつれたように見受けられた。

本格的な取調が始まったのだから無理もないだろう。

「こんばんは。体調はいかがですか」

桜子は気遣いの言葉をやわらかく口にした。

「大丈夫ですが、今日は疲れました」

内藤は元気なく答えた。

「一日、取調が続いたのですね」

「ええ、朝から食事の時間を除いてずっと取調でした」

そのこと自体は違法ではない。

「どのようなことを聞かれましたか」

「浦上先生との関係などを根掘り葉掘り聞かれました。それはいいんですが、僕以外に犯人はいないという趣旨を言葉を変えてしつこくしつこく百遍以上も言われました」

「その発言は適切とは言えないので、接見終了後、取調官に苦情を入れます」

「お願いします。あれだけ繰り返されると、なんだか頭がおかしくなりそうです」

卑劣な手段を使って被疑者を精神的に参らせる手を使っているのだ。

「絶対に罪を認めてはなりません」

桜子は強い口調で念を押した。

「わかりました。やってもいないことを認めたりはしません」

内藤はきっぱりと言い切った。

「取調で乱暴な発言をされたり、取引のようなことは持ち出されたりしませんでしたか」

「そんなことはありませんでしたが、前にも言った五十歳くらいの刑事が妙に情に訴えるので困りました」

「どんなことで困ったのですか」

「たとえば『亡くなったお父さんが悲しんでるぞ』とか『天国のお母さんは君が早く罪を認めることを望んでるぞ』であるとか、『お母さんが望んだ生き方をしてみろ』とか、死んだ僕の家族を持ち出すんで嫌になってしまいました」

「なるほど。適当な取調方法とは言えませんね」

「その上、母のために手に入れたカピキオーニが事件の発端のように言われるのは不愉快です」

「カピキオーニを手に入れたのはお母さんのためなのですか」

驚いて桜子は訊き返した。

「ええ、僕がヴァイオリンを習い始めたきっかけなのです」

「詳しく話してください」

桜子は息せき切って尋ねた。

「僕が一歳半くらいの頃の話だそうなので、記憶にはまったく残っていません。家のスピーカーから流れるあるCDがものすごく気に入っていたそうです。そのCDはイ・ムジチ合奏団の『四季』でした」

「イタリアの室内楽団ですね。亡くなった父が大好きでした」

「原盤は一九五九年にウィーンで録音されたもので、我が国でもミリオンセラーとなった有名なレコードです。日本のバロックブームの火付け役となった演奏だそうです」

「赤ちゃんのときからクラシックが好きだったのですね」

「ええ、このCDの『春』を掛けるとどんなにむずかっていてもすぐに泣き止んだそうです。ところで第一ヴァイオリンはイ・ムジチの創始者であるスペイン生まれのフェリックス・アーヨが弾いているのですが、使っている楽器は……」

「カピキオーニだったのですね」

「はい、アーヨはその十五年前にも別のカピキオーニを使って『四季』を録音するなどカピキオーニの信奉者でした。母はCDを聴いている僕の姿を見て、ヴァイオリニストに育てたいと考えたのです。それで物心つくとすぐにヴァイオリンを習わされたのです」

「つまり、カピキオーニは内藤さんがヴァイオリンを始めるきっかけだったわけですね」

「それだけではないのです」

内藤は淋しげに言葉を継いだ。

「実はあの事故の直前の話です。浦上先生のレッスンからの帰りにアクアラインで東京湾を渡っているときのことです。母がこんなことを言ったのです。『いつかはカピキオーニを弾けるヴァイオリニストになってね。お母さんの夢よ』って……。だから僕は母に約束したのです。『プロになったらカピキオーニでコンサートを開くから、お母さん聴きに来てね』って。そしたら母は『もちろんいちばんいい席で聴く。それまではお母さん頑張らなきゃ』って言いました。事故に遭ったのはその数分後のことなのです」

「そうだったのですか」

桜子の胸にも感慨が湧き上がってきた。

「カピキオーニのことは、ヴァイオリンについて母が残した最後の言葉になりました」

「だから内藤さんはカピキオーニを手に入れたかったのですね」

「そうです。母の最後の願いを聞き届けたかったのです。コンサートに招待することはできないけれど……」

「あなたがカピキオーニを手放したくなかった理由がよくわかりました」

「だから、浦上先生にカピキオーニを買うなと言われたことが悔しかったのは事実です。それと、このアクアラインでの話は実は浦上先生にはお話ししていません」

「なぜですか」

　桜子は驚いた。

「なんだかマザコンみたいだし、僕が音楽の上でも先生より母を大切に考えているように思われるのが嫌だったのです」

　内藤は照れたようにうつむいた。

「お話しすればよかったのに」

「そうですね。こんなことになるくらいならきちんとお話しすべきでした。後悔しています。だから、いま一色先生にお話しできたのかもしれない」

「ありがとう。大切な思い出を話してくださって」

「もっとも僕が好きだった『四季』に使われているカピキオーニは一九五六年に製作された当時の新作ヴァイオリンでした。いま現在、残っているカピキオーニとはまったく音色が違いますが」

「そうそう、前回の接見のときにお話しした浦上先生の残されたCD－Rを、遊佐茉里奈さんと蒲生和秀教授に聴いて頂きました」

「本当ですか。でお二人はなんとおっしゃっていましたか」

「違う個体だが、たぶん両方ともカピキオーニで、優劣はつけられないと言っていました」

「そうですか……実は僕があのカピキオーニを手に入れたのは蒲生先生がきっかけなのです」

「え……どういうことですか」

桜子の胸は大きく拍動した。

「蒲生先生と共演した後の打ち上げで、カピキオーニがほしいような話を冗談交じりで言ったら、知っているヴァイオリニストが銀座の《響音堂》から買ったというようなお話をしてくださったのです」

「蒲生先生は《響音堂》からカピキオーニを買うように奨めたのですか」

「いいえ、自分は買ったことのない店なのでとおっしゃって、ただ電話番号を教えてくださっただけでした。でも、僕はカピキオーニのような高級ヴァイオリンを扱っている店を知らなかったので《響音堂》に電話をしました。そしたら、すぐにあのカピキオーニを持って来てくれたのです。僕は一目で気に入って購入することにしました」

「鑑定書なしでもよかったそうですね」

「よくご存じですね」

内藤は驚きの声を上げた。

「実は今日、蒲生先生を日芸大にお訪ねする前に、《響音堂》に寄って尼子さんにも会ってきたのです」

「僕のためにあちこち駆けずり回ってくださってありがとうございます。三ヶ月はお試し期間なのでとりあえず早く弾いてみたかったのです。やはり新作とはまるで違う豊かな響きを持っていました。保証金の百二十万を払って僕はカピキオーニの仮オーナーとなったわけです」

「残りの支払いはどうするつもりだったんですか」

「《響音堂》が紹介してくれる都市銀行でわりあいと低利でローンを組めるのです」

「若い演奏家にも手が届きやすい仕組みを作っているのですね」

「ええ、尼子さんは親切な方ですよ。カピキオーニを持って来てくれたときはもちろん、引き取るときも嫌な顔ひとつ見せませんでした」

「では、お店に受け取りや返却に行ったわけではないのですね」

「最初に一度だけ、カピキオーニを探している話をするために銀座のお店には行きましたが、後は僕の自宅までクルマで来てくれました」

桜子の頭の中でなにかがモヤモヤとうごめいていた。

が、それがなんなのかははっきりしなかった。

ただ、内藤がなぜカピキオーニにこだわったかは痛いほどよくわかった。

取調官のしつこい誘導に決して屈しないように念を押して桜子は接見室を後にした。

桜子は接見受付に取調担当者を呼び出したが、現れたのは二十代半ばの若い私服捜査員であった。内藤にしつこく迫っている五十歳くらいの捜査員ではなかった。

桜子は内藤に対する不適切な取調を避けるようにと苦情を入れた。

「先生のお話はよくわかりました。適法な取調を心がけます」

若い捜査員は気をつけの姿勢を崩さずに型どおりの答えを返してきた。

のれんに腕押しの不安を感じつつも、桜子は成城警察署を後にした。

帰邸したいところだったが、抱えている民事の事案を処理するために事務所へ戻らざるを得なかった。

書類と格闘して田園調布に戻った頃には午後十一時過ぎになっていた。

屋敷は静まり返っていたが、リビングには灯りが点っている。

誰が起きているのだろうかと思ってリビングに入ると、兄の友親がコーラを飲みながらポテトチップスを食べていた。

ダルなコットンのナイトウェアの上に藤色の薄手のガウンを羽織っていた。

タンノイのウェストミンスターからは静かなピアノトリオが流れていた。

「ずいぶん遅いな。働きすぎは美容に悪いぞ」

桜子の顔を見るなり、友親はからかい半分の口調で言った。

「お兄さまこそ、夜遅くにそんなものの過食は身体に悪いのではないかしら」

「いや、身体に悪いものはたまに食うと美味いものよ」

「医者の不養生って珍しくないのね」

友親は桜子の顔をじっと見つめて低い声を出した。

「ぬしゃ、なんぞ悩みを抱えておろう。拙僧に話してご覧じろ」

「悩みなんてないわ。おやすみなさい」

桜子は廊下へ出ようとしたが、友親は引き留めた。

「まぁ待ちなされ」

「なんです？」

「おぬしには悪霊が憑いておる」

友親がふざけた態度で話すことは常日頃のことだった。

従ってまともに取り合わないことも多い。

人差し指を桜子に突き立て、おどけた声で友親が脅しつけた。

「馬鹿なこと言わないでよ」

「いや、まことじゃ。事件という悪霊の影が見えるぞ。まずはそこへ掛けよ」

桜子が対面の椅子に座ると、友親はぬーっと顔を突き出した。

「さぁ話すのじゃ」

「いったいなんの真似なの？」

「なにを申す。兄妹(きょうだい)愛ではないか」

友親は桜子とよく似ていると言われる細面に奇妙な笑みを浮かべた。

弁護士には守秘義務があって、たとえ家族であっても受任事件のことは話せない。

弁護士法第二三条は「弁護士又は弁護士であった者は、その職務上知り得た秘密を保持する権利を有し、義務を負う。但し、法律に別段の定めがある場合は、この限りではない」と規定する。

政志や彩音は業務上の補助者として位置づけられるので、事件について話してもかまわないが、友親はそうはいかない。

だが、桜子は優秀な兄の意見を聞いてみたかった。

「ミステリ作家の友だちからクイズを出されたのよ」

「なんだ、架空の事件か」

友親は気抜けしたような声を出した。

「捕えられた男性は冤罪を訴えていてね……」

「ほほう、巌窟王ものか」

「ずいぶん古くさいたとえね」

「まぁ、いいから話してみろよ」

桜子は事件の概要を推理小説になぞらえて友親に語った。

友親はかるくうなずきながら話を聞いている。

「うーん、凶器が本当に非侵襲式注射器なのかは疑問だな」

友親はうなり声を上げた。

「どういうこと」

「たしかにパリトキシンは微量でも効果のある毒物だけど、皮下注射するとなると患者……いや、被害者はなにかを押し当てられた感覚を持つ」

「被害者は演奏に熱中していて気づかなかったのよ」

「それは結果から見た推論に過ぎないだろ」

「お話の意味がわかりにくいけど」

「非侵襲式注射器を使えばある程度の接触感覚は必ず生ずる。もし気づかれたら騒がれるだろ。ステージの上じゃ犯人はすぐに捕まってしまう。そんな危険を冒すほどその男はうかつな人間なのかな」

友親の言うとおりだ。

「もっとも手っ取り早いのは経口投与だよ。現在、医療現場で使用される薬剤の六割は口から飲ませるわけだからね」

「でも、司法解剖の結果によれば、経口投与はないという話なのよ」

友親はふふんと笑った。

「ほかにも薬剤を投与する方法はいくらでもあるぞ」

「たとえば？」

「舌下投与、経直腸投与、経膣(けいちつ)投与、髄腔内(ずいくうない)投与、経鼻投与、吸入、点眼……まだほかにもいくつかある」

「そうか。肩こりの湿布剤を貼るのも一種の薬物投与よね」

大発見した気分だった。

「まぁ、髄腔内投与なんてのは脊髄に針刺すわけだし、殺害方法としてはふさわしくないけどね。経直腸投与もそうだ。こいつは肛門(こうもん)に……」

桜子は友親の饒舌(じょうぜつ)を掌で押しとどめた。

「経鼻投与、吸入、点眼なんか比較的簡単ね」

「そうさ。非侵襲式注射器よりも簡単な投与方法だ」

桜子の脳裏に、土曜日の楽屋の光景が浮かんだ。

「あっ！」

桜子は叫び声を上げた。

「どうした？」

友親は仰け反った。

「ソフトコンタクトレンズっ！」

「それがどうしたって言うんだ」

「使い捨てレンズはソフトコンタクトよね？」

「もちろんそうさ」

「ソフトコンタクトレンズは水を吸うのよね」

桜子の鼓動はどんどん速くなってゆく。

「そうだよ。含水率が五十パーセント未満のものは低含水コンタクトレンズといい、含水率が五十パーセント以上の製品は高含水コンタクトレンズと呼ばれる……そうか……」

友親の言葉を奪って桜子は口を開いた。

「犯人が使い捨てコンタクトの保存液にパリトキシンを混入させたら？」

「当然ながら、目の粘膜からパリトキシンは体内に入る。経粘膜投与のひとつだ。吸収も比較的速い」

心臓の収縮が抑えられない。

桜子の声はしぜん高くなった。

「犯人がもしその方法を使ったとすると、男性が冤罪であることははっきりする！」

もし犯人が使い捨てコンタクトレンズによってパリトキシンを投与したのだとすると、今回の事件の全容が変わってくる。

とくに疑わしい人物は二人。

桜子以外に楽屋を訪れた蒲生和秀教授と仁木祐子だ。

「いや、そうは言い切れないさ。犯人が楽屋でコンタクトに細工をしたかどうかはわからないんだ。その男がそれ以前に毒を入れておいたのかもしれない」

「そうか……お兄さまの言うとおりだわ」

桜子は肩を落とした。

「むしろ犯人の枠がとてつもなく拡がってしまったのではないかな」

正論である。いつコンタクトレンズにパリトキシンを混入させたのかはわからない。

「そうね……」

「さらに、コンタクトを使ったのは単なる推測に過ぎない。逆に犯人の工作だとしても、パリトキシンが検出された非侵襲式注射器は立派な証拠だろ」

「警察も検察も裁判官も、コンタクトレンズ説は机上の空論としか考えないでしょうね」

「そのストーリーでは、司法解剖では眼球摘出なんてしないだろうし、死亡した時点ではパリトキシンは全身に廻っていただろうから、目の粘膜から入った証拠は出てこないだろう」

桜子の心臓は平常の拍動に戻っていた。

しかし、犯行のすべてを考え直せることは間違いない。

「お兄さまのおかげでこのミステリがまるっきり違うものに見えてきた」

「なんの。かような話は朝茶の子じゃて。さて、拙僧はもう休むとしよう」

友親は立ち上がって合掌しながら頭を下げた。

リビングを出て行く友親の後ろ姿に桜子はそっと礼を言った。

「ありがとう。お兄さま」

丘の上を吹き渡る風が、リビングの古い窓枠をカタカタと鳴らしていた。

第四章　鎮魂の旋律

1

庭木に集まる小鳥の鳴き声で桜子は目が覚めた。

朝食もそこそこに桜子はノートをひろげて事件の全容を考え直し始めた。

書斎の机にはレースのカーテンを通して南側の窓から射し込む夏の陽光が跳ねている。

桜子は机に頬杖（ほおづえ）をついてぼんやりとカーテン越しの緑を眺めながら、今日までの思考過程を振り返った。

いままではステージ上の犯行という枠に囚（とら）われすぎていた。

だが、そうでないとすると、事件を根本から見つめ直さなければならない。

使い捨てコンタクトレンズ説は仮説に過ぎない。

だが本当にコンタクトが使われたのだとすると、友親が言っていたように真犯人の範囲はとてつもなく拡がってしまう。

少なくとも一人の弁護士が探し切れるものではない。それこそ警察が人海戦術による聞き込み捜査を行う必要があるだろう。

では、桜子には何ができるのだろうか。

「動機を考えることしかない」

桜子は知らず独り言を口にしていた。

最初に戻って考えてみることにした。

まずは、紗也香が桜子に託した『カプリース』のCD-Rである。

桜子はくだんのCD-Rを引き出しから取り出してオーディオセットのスロットに入れた。

紗也香のヴァイオリンの音色が書斎を包んだ。

紗也香は桜子に仕事に関係する相談があって会いたいと言っていた。

会う前に聴いておいてほしいと渡されたからには、相談のための資料のひとつに違いない。

彼女はいったいどんな相談をしたかったのだろう。

民事の事案なのか、あるいは刑事の事案なのか……。

いずれにしても法律的な問題であるはずだ。

民事事案の幅は広すぎる。

刑事だとすれば自分が罪に問われそうなのか、あるいは誰かを罪に問いたいのかの二つに絞られよう。

紗也香が罪を犯したのか。

あるいは、誰かを告発しようと悩んでいたのかもしれない。

(二つの違う個体のヴァイオリン……音の違い……)

桜子の脳裏でなにかが弾けた。

(詐欺事件……)

何者かが不法な高値でカピキオーニを売却しようとしたのではないか。

(どちらかが贋作なのか)

あのCD-Rは真作と贋作で弾かれたものではないのか。

ひとつが内藤が購入したカピキオーニで、もうひとつが紗也香自身が所有するカピキオーニで演奏されたとしたら……。

紗也香が誰かを告発するかどうかで悩んでいて桜子に相談したかったのではないか。その資料としてあのCD-Rを聴かせたかったのではないのか。

桜子の心臓はどんどん鼓動を速めていった。

そう考えると、内藤がカピキオーニを買うことに紗也香が反対していた理由ははっきりしてくる。贋物を内藤に買わせたくなかったのだ。

しかし、大きな疑問が残る。

なぜ紗也香はさっさと告発する手段に出なかったのだろう。

どうして内藤に忠告してカピキオーニをあきらめさせようとしたり、CD－Rを作って音色の比較を試みたりするような迂遠（うえん）なことをしていたのだろうか。

そもそも贋物だと伝えれば、内藤はすぐに購入を取りやめたはずだ。

（やっぱりこの線じゃないわね）

桜子はこころのなかでかぶりを振った。

内藤は優秀なプロだ。贋物に千二百万円という高額を注ぎ込むだろうか。内藤は真作だと判断していたのだ。

蒲生和秀教授も遊佐茉里奈も二つの『カプリース』は違う個体で演奏されたと断言した。

しかし、その優劣はつけられないと言っていたではないか。

自分の考えを否定しなくてはならなくなって桜子はがっかりした。

（あ、そうだ！）

桜子の頭にひとつのひらめきが浮かんだ。

CD‐Rのことではない。

内藤が非侵襲式注射器を使ったのでない証拠を得られる可能性があることに気づいたのである。

桜子は机の横の書棚に置いてあったスマホを手にした。

「おはようございます」

「あれれ、桜子ちゃん」

勝行のけげんな声が返ってきた。

「早くに電話してごめんね」

「いいんだよ……俺、土曜出勤してるんだぜ」

うんざりしたような声が響いた。

「タイミングいいね。よくぞ登庁してくれていました」

桜子は内心で快哉を叫んだ。

「ね、僕がかわいそうだと思ったら、夕方からデートしてよ」

柳に風と受け流して桜子は本題を切り出した。

「ね、やっぱり、内藤さんは無実よ」

「まだそんなこと言ってるのかよ」

勝行がふくれっ面するのが見えるようだ。

「いろいろと調べたの」

「へぇ、伺いましょ」

小馬鹿にしたような勝行の声だった。

「最初にお願いがあるの……鑑識の報告をチェックしてほしいのよ」

「おいおい、鑑識報告なんかキミに漏らせるわけないだろ」

「わたくしに教えてくれる必要はない。ただ、チェックしてほしいことがあるの」

「なんだよ、いったい？」

「世田谷芸術館の楽屋も鑑識は調べたでしょ」

「ああ、ステージと舞台袖、楽屋は日曜日にひと通り調べてある」

「被害者の浦上紗也香さんが使っていた楽屋から、パリトキシンが検出されていないかどうかを調べてほしいの」

「そりゃ検出されても不思議はないだろう」

「たぶんテーブルの上かゴミ箱のどちらか、あるいは両方から検出されると思う」

「なんでそんなことが言えるんだい？」

勝行は疑わしげな声で訊いた。

「わたくしを信じてチェックして」

「ま、簡単だから後で時間のあるときにチェックはしてみるよ」

「早めにお願いね」

言葉に熱を込めて桜子は頼んだ。

「わかった。とにかく鑑識報告はチェックするよ……」

桜子の口調に気圧(けお)されたのか勝行は素直に答えた。

「よろしくね」

電話を切った桜子は喉の渇きを覚えた。

隣の自分用のリビングに行って、冷蔵庫から伊勢悦子が淹れてくれたアイスティーの入ったポットを取ってきた。

スマホの液晶画面を見ると、事務所からの着信記録があった。

「あれ……誰か出ているのかしら?」

桜子が電話を入れると畠山政志が出た。

「お疲れさまです」

「あら、休日出勤?」

どちらもこちらも休日出勤だ。法曹業界は常に忙しい。

「仕事が終わらなくて……」

力の抜けた声が耳元で響いた。

「なんだか元気ないね」

「昨日の午後からずっとエクセルやらされてたんですよ」

「彩音さんに？」

「ほかに誰がいるって言うんです？」

「それで自分の仕事が後回しになっちゃったのね」

「徹夜ですよ。五時くらいからソファで仮眠しましたけど」

「まぁ、お気の毒」

「いつも言いますけどね。僕はお気の毒な青年なんですよ」

自分のことを青年と呼ぶ青年も珍しい。政志はこの手の話法を好んで使う。

「今日は彩音さん出てないの？」

「はい、昨夜の九時頃帰りました。いま頃は飛行機の中ですよ」

「え？　どこに？」

「一泊二日で『ストロベリー・フィズ』の札幌ライブツアーに出かけるらしいです」

彩音が好きな女の子三人のグループだった。

「たまには息抜きしなければね」

「僕は一泊二日で牛丼三昧ですよ」

政志は情けない声を出した。

「あら、お気の毒」

「お気の毒ですよ。実際、僕ってもんは」

「そのうち美味しいもの食べに連れてってあげるわ」

「交換条件なしですよ」

「それはわからないけど」

「ったく……仁木祐子さんとおっしゃる女性の方から電話がありました。次の番号に電話してほしいってことです」

政志が口にした番号は都区内の固定電話だった。

「ありがとう。いつかまた《よし乃》の特上うな重をご馳走するわね」

ちょっと前に田園調布の外れにある高級うなぎ店《よし乃》のうな重をご馳走したら、政志は涙を流して平らげた。

「それこそこわいですよ。じゃ忙しいので切りますよ」

政志との通話が終わって、伝えられた番号をタップした。

「仁木祐子さんのお宅でしょうか」

「ああ遊佐さんから連絡のあった弁護士さんね」

陽気な声がスマホから返ってきた。

「はい、一度お目に掛かりたいんですけれど」

「一色さん、お若いんでしょう？　とってもきれいなお声ね」

「ありがとうございます。二十八歳です」

「わたしの娘くらいの歳じゃない。若いのに弁護士さんだなんて優秀ね」

「近くお時間をお取り頂けますでしょうか」

「だからお電話したのよ。玉川パートナーズ法律事務所さんは……あら、田園調布一丁目！　うちの近くじゃない。うちは二丁目なのよ。ご近所さんね」

耳元で嬉しそうな声が響いた。

祐子は自分の話したいことを一方的に話し続けるタイプのようである。

だが、表裏のないざっくばらんな性格とも思える。

「どちらへ伺えばよろしいですか」

「わたしがあなたの事務所へ伺ってもよろしいかしら」

「もちろんです」

時間も短縮できる。ありがたい話だった。

「じゃ、これからすぐ伺うわ」

桜子はあわてた。田園調布二丁目から事務所は遠くて一キロ強だろう。のんびり歩いたところで十数分だ。

「すみません。いま自宅におりますので」

「あらごめんなさい」

「十一時でいかがでしょうか」

「わかったわ。十一時ね。ねぇ、あなた、甘いものはお好きかしら？」

「あ、どうぞお気遣いなく」

「そう。じゃ、十一時に伺うわね」

「よろしくお願いします」

祐子との会話を終えてから、直ちに事務所へ電話を入れた。

「なんです？　今日の昼メシをご馳走してくれるんですか？」

政志の不機嫌な声が響いた。

「十一時に来客があるから、接客スペースを掃除しておいてくださる？」

「えーっ。マジっすか」

政志は絶叫した。

ありがたくない人間がここに一人いた。

電話を切った桜子は、シャワーを浴びて着替えを済ませると、アルナージで事務所へ向かった。

事務所へ入ると政志がバンダナ、エプロン姿でぞうきん片手に現れた。

「本当にメシおごってもらいますからね」

政志は口を尖らせた。

「近いうちにね」

「約束ですよ」

十一時ちょっと前に、祐子は姿を現した。

ステージで見たふくよかな身体を、大ぶりの花柄が華やかに散ったホワイト系のワンピースに包んで、ストローハットをかぶっている。

「ご機嫌よう。ご連絡致しました一色桜子です」

桜子があいさつすると、祐子は身体を仰け反らせて叫んだ。

「あらー、きれいなお嬢さん。あなたが一色さんなの？」

「はい、先ほどはお電話ありがとうございました」

「弁護士さんというよりモデルさんみたいね」

祐子は桜子を頭のてっぺんからつま先まで眺めて言った。

「お時間を頂いて申し訳ありません」

「いいのいいの。今日は忙しくないんだから。はいこれ少しだけど」

白い菓子箱を祐子は差し出した。

「お気遣い頂き恐縮です」

受け取った菓子箱を政志に渡すと、桜子は祐子を接客スペースのソファに連れて行った。

身体と同じように丸っこい顔に丸い瞳を持ち、ふっくらとした唇には愛想のよい笑みを浮かべている。

プロのピアニストには気難しいイメージもあるが、人のよさそうな祐子の雰囲気に桜子はほっとしていた。

「あなた内藤くんの弁護を引き受けたんですってね。大変ねぇ。まだ、信じられないわ。浦上さん、とってもいい方だったのに。よくして頂いたのよ。いろいろと」

祐子はハンドバッグから取り出したレースのハンカチで涙を拭った。

「でも恐ろしいお話ねぇ。まさかあの内藤くんがねぇ」

「実は内藤さんは、まったく身に覚えがないと主張しています」

「そうなのぉ」

祐子は目を大きく見開いた。

「はい、わたくしは内藤さんの無実を証明しようとつとめております」

「わたしも信じたいわ。だってそうでしょ。師弟関係でそんな悲しいことなんて、絶対にあってほしくないわ」

「先週の土曜日のコンサートでは、同じフロアの楽屋をお使いだったのですよね」

「そうよ。わたしは入口側の大部屋だったの。隣には内藤くんや茉里奈ちゃんと、あとチェロの……」

「逸見さんですね」

「そうそう。逸見さんがいて、その奥に浦上さん、その奥が蒲生先生だったわね」

「あの日、仁木さんは早くに楽屋入りしたのですね」

プログラムの順番から当然そうだろうが、一応確認したかった。

「わたしたちのリハが先だったから、いちばん早く着きましたね。九時頃かな。その後、すぐに蒲生先生が見えて。十一時頃に浦上さんたちが来たんじゃないかと思いますよ」

「あの日、浦上先生の楽屋に入られたんですよね」

「自分たちのリハが終わったところで、蒲生先生とわたしでアレンジフラワーを届けに行ったわ。先生は『浦上くん、緊張しているから差し入れだ』なんておっしゃってね。美人にはやさしい人なのよ」

「浦上先生と共演なさるときは、いつも蒲生先生はそんな気遣いをなさる方なのですか」

「そうねぇ……」

祐子はしばらく考えていた。

「あんまり記憶がないわね。蒲生先生はたしかに美人好きだけど、浦上さんとそれほど親しいとは言えないような気がする」

「では初めてのことなのですね」

「たぶんそうかも。ほら、もっと若くて美人の演奏家がたくさんいるじゃない。ハーピストの相良(さがら)かすみさんなんか、だいぶお気に入りだったみたいよ」

「楽屋に怪しい人の出入りはなかったですか」

「もちろんなかったわよ。蒲生先生が主催者側に警備員までつけさせてましたからね。あの日はオールド・イタリアンをお使いになったのよ」

「じゃあ億単位のヴァイオリンですか」

「そう。あの方、派手好きだから、オールド・モデルを使いたがるの」

「そんな高価なヴァイオリンを持ち歩くのにはとても気を遣うでしょうね」

「まぁ、一種の慣れだから」

「第一部が終わってからは楽屋には引き上げなかったのですか」

「蒲生先生が浦上さんたちの演奏を聴こうって前から言っていらしたの。席も確保してもらってあったから、第一部が終わってから、わたしはそのまま客席に直行したのよ。蒲生先生は楽器を楽屋に置きに行っただけですぐに客席に見えたわ。そうね、五分もなかったかな」

「よくあることなんですね」

「珍しいことではないわね。後の出演者に興味がなかったら、楽屋で帰り支度をするけれど、わたしも浦上さんのヴァイオリンは聴きたかったから……でも、まさかあんな……」

祐子はあのときを思い出したのか、頬を引きつらせた。

「話は変わるのですが、浦上先生と内藤さんが口論していたという証言があります……」

桜子は口論の内容について祐子に説明した。

「あら、そんなことみんな知ってるわよ」

「どうしてですか」

「一ヶ月くらい前から何回かぶつかっていたらしいじゃない。わたしも渋谷のホールの楽屋で二人が口論しているのを聞いちゃった。あ、口論っていうのは違うな。浦上さんが内藤くんを一方的に叱っているって感じね。ほかの場所でも同じようなことが何回かあったらしいんで、知っている人は多いんじゃないかしら」

祐子は事もなげに言った。

「単刀直入に伺いますが、その件で内藤さんが浦上先生を殺したいほど恨んだことは考えられますか」

「どうかしらね。人によって感じ方はいろいろだから。でも、師匠に縁を切られたら、この世界で生きてゆくのは難しいでしょうね」

眉間にしわを寄せて祐子は言った。

「まったく話は変わりますが、銀座の《響音堂》って楽器店をご存じですか」

「知ってるわよ。弦楽器の専門店でしょ。わたしは用事がないから行ったことないけど」

「どんなお店でしょう」

「たしかにいい楽器は扱ってるけど、店の主人はド素人で音のことも音楽のこともなんにも知らないって話よ」

「じゃあメンテナンスは？」

「できるわけないわよ。ヴァイオリン製作者じゃないと本格的なメンテナンスはできないはずだもの。あの店は楽器店より楽器ブローカーっていう感じじゃないかしら」

「意外でした。内藤さんは《響音堂》からカピキオーニを入手してるんです」

「そうだったの……まぁ、どういう入手経路を持っているのか知らないけど、あそこの店じゃお買い得でいい楽器が手に入るってことは弦楽器の人たちの間ではわりあいと知られているみたいだけど」

話の途中で祐子は桜子の顔をじっと見つめた。

「あなた本当にきれいねぇ。それにすごくお育ちがいいでしょ。お話を聞いていればわかるわ。言葉の発声からして違うもの……ところでね、わたし十も離れた弟がいるのよ。教夫(のりお)っていうんだけどとってもいい子なの。都立高校で数学を教えてるんだけど、縁遠くて……」

この話の展開は……。

祐子はハンドバッグからスマホを取り出すと、一枚の写真を表示させた。

メタルフレームのめがねを掛けたまじめそうな男性が写っている。

「一度会ってみない？」

「い、いえ……」

桜子は面食らうしかなかった。

「指輪してないみたいだけど、ご結婚なさっているの？」

値踏みするように、もう一度祐子は桜子の顔を見据えた。

「いえ、独身です」

「じゃあ会うだけでもいかが？」

「あの……そういうお話は……」

「わかった。彼がいるのね」

祐子は両の掌をぽんと叩いて言葉を継いだ。

「そうよねぇ。こんなにきれいでスタイルもよくって。弁護士さんですものねぇ」

「結婚には興味がなくて……」

「わかった！」

「は？」

「この彼ね。イケメンの」

振り返ると、祐子の視線の先には政志がバンダナ姿で立っていた。

銀盆にコーヒーを載せて持って来てくれたのだ。祐子のお土産のスフレが添えられていた。

「違いますよ。この先生は仕事が恋人なんですよ」

からかうように政志は言うと、一礼して引き返していった。

「まぁ、ご立派ねぇ。でも花の生命(いのち)は短いって言うじゃない。わたしだってむかしはけっこう騒がれたのに、いまじゃすっかりこんなだから」

「いえ、おきれいですよ」

「ありがとう。お嬢さん、お上手ねぇ」

話を本筋に戻さなければならない。

「蒲生和秀先生について伺いたいのですが」

「弦楽器界じゃ帝王ね」

祐子は額にしわを寄せて鼻から息を吐いた。

「力のある方なんですね」

「この業界ははっきりとしたヒエラルキーがあるのよ。どこの大学出身か、誰の指導を受けたか、どんなコンクールで賞を取ったかでその演奏家の地位は決まってくる。カースト制度に近いかもしれない。ただし、地位はどんどん入れ替わるけどね」

「そうなんですか」

「ね、芸術とか文学とかって主観的なものでしょ。とくにクラシックの世界は売り上げ競争しているわけじゃないから、TOKIOとかX JAPANとかラルク・アン・シエルみたいに大ヒットを飛ばすなんてことないものね。だからね、権威が必要となってくるのよ」

桜子の知らない名前がたくさん出てきたが、祐子の好きなバンド名なのだろう。

「権威と言いますと？」

「演奏ってね、トップのほうはなかなか優劣つけがたいものなのね。だから権威ある先達が

『これはすぐれた演奏だ』と認めたものを誰もが賞賛することになる。典型的なのはコンクールじゃないかしら。クラシックの世界で上昇しようと思ったら、どうしてもコンクールでよい成績を収めなければならない。成績をつけるのは……」

「権威ある音楽家なのですね」

実際に会った蒲生にはそんな居丈高な雰囲気は感じられなかった。

「そう。ヴァイオリンでも何人かそうした権威を持つ演奏家がいらっしゃいますけど、蒲生先生も日本を代表するお一人よ。蒲生先生が白と言えば黒いものも白くなる」

「まさか……」

「それは極端だけど、タフィーピンクをクリーミーピンクだと言い切っちゃうくらいの力はお持ちだと思うの」

桜子は頭に二つのピンク色を思い浮かべた。つまり濃淡を入れ替えるくらいの力は持っているという意味だろう。

「だから、多くの演奏家が、とくに弦楽器奏者は、蒲生先生を怖がっても不思議はないでしょう」

「偉すぎる先生と言っていた演奏家さんがいました」

「言い得て妙ね。でも、わたしは同世代で個人的に親しいから言うけど、本当はそんなに怖い人じゃないのよ。陽気な遊び人だし、小粋な浪費家だし、すごく楽しい人よ。わたしもよくお芝居とか、歌舞伎とか、お能とか、いろいろなところに連れて行って頂いているの」

　そのイメージのほうが、昨日会った蒲生に近い。

「蒲生先生は趣味人なんですね」

「そうよぉ、スキーにテニスにモータースポーツにバイクにボートダイビング。わたしたちの世代に流行った遊びにはたいてい手を染めてるわ。だから美人にモテモテよ。浮名を流した女性は星の数ほどいるんじゃないのかしら」

「ご結婚はなさってないんですか」

「三十代の終わり頃、女優の松平百合恵と結婚したんだけど、二年くらいで別れてその後は独身ね。実はね……」

　祐子は嬉しそうな顔になって声をひそめた。

「内緒だけどね。二十代の頃に口説かれたことがあるのよ」

「仁木さんは断ったんですか」

「かなり迷ったな。でもわたし、いまの主人のほうがよかったから」

　いきなりのろけが始まるとは思わなかった。

「ご主人さまはなにをなさっているんですか」

「甲山（こうざん）大学の考古学の教授なの」

「考古学なんてロマンがあって素敵ですね」

「いまじゃすっかりおじいちゃんだけど、若い頃はハリソン・フォードに似ていたのよ。ほら『インディ・ジョーンズ』よ。主人がレザージャケット着てサファリハットかぶった姿にやられたのね」

なんとなくそのハリウッド映画のポスターは覚えているが、観たことはなかった。

「娘も学者肌で西都（せいと）大学の大学院で勉強しているのよ」

「どんなご専攻なんですか」

「それが民俗学なの。この夏休みも秋田県と青森県の山奥に勉強に行ってる。地味な娘でねぇ。縁遠くなりそうで心配してるのよねぇ。ところで、さっきのコーヒー持って来てくれた彼は独身かしら？」

気をつけていないと祐子の会話はどこまでも逸（そ）れてゆく。

「蒲生先生はいろいろな場所に遊びにゆかれるんですね」

「遊ぶための拠点もいくつも持っているわ。苗場（なえば）と軽井沢と葉山に別荘があるのよ。おまけに葉山のマリーナには大きなクルーザーも持ってるの」

「ヴァイオリニストはそんなに収入のあるお仕事なんですか」

祐子は大きく首を振った。

「もともとお金持ちの家の育ちでね。都心にいくつかお持ちのマンションの家賃収入だけでもかなりのものだそうよ」

祖父が購入した土地の賃貸収入で暮らしている一色家と同じような状況なのだろう。内科医の友親も給与収入はすべて遊びに使っている。

「豊かなおうちの方なんですね」

「まぁ、クラシックの音楽家には富裕層の出身者は少なくないかもしれないけど……あら、わたしはふつうの家よ。父はサラリーマンだったし、マンションやアパート持ってるわけでもないし。プロの音楽家になるまではいろいろと大変だったのよ」

祐子の育ちはいまはあまり関係がない。

「でも……」

祐子は微妙な表情で言葉を続けた。

「いま音楽家はみんなピンチだと思うの。いろんな理由で演奏会も減ってきてるし、伴奏の仕事も激減している。わたしたちみんなすごく苦しくなって来ているのよ。いままでと同じ気持ちじゃやってけないって思い続けている。なのに、蒲生先生はますます派手な暮らしをしてるからびっくりよ」

「派手な暮らしというと、たとえばどんなことでしょう？」

「そう。この前も新しいストラディバリウスをお求めになったそうよ」

「数億円はするのですよね」

「そうねぇ。五億以下ってことはないかもね。お金のなる木でも持っていらっしゃるんじゃない。ふふふ」

蒲生の羽振りのよさが、桜子の心に引っかかった。

「実は、近々、蒲生先生のご自宅に伺いたいのですが、ご連絡先をご存じでしょうか？」

日芸大を訪ねたときにも自宅の住所は教えてもらえなかった。

「ええ……まぁ……」

言葉を濁して祐子はそっぽを向いた。

「どうしても伺いたいのですが、お教え頂けませんでしょうか」

「だって、蒲生先生本人のお許しがないのに教えられないわ」

「事件の解決にとても重要なことなのです」

桜子は言葉に熱を込めて頼んだ。

しばし、沈黙していた祐子は、渋々といった表情でスマホを操作してアドレス帳を提示してくれた。

「これよ。メモして」

自宅の住所と電話番号、携帯番号、メールアドレスとすべての情報が記されていた。

「ありがとうございます。助かります」

「自宅には特別な人しか寄せ付けないみたいだけど、あなたなら会ってくれると思う。先生、美人が大好きだから」

祐子は片目をつむった。

しばらく話を続けたが、それ以上は有益な情報は得られなかった。《響音堂》と蒲生和秀にはもう一度会う必要性を強く感じていた。

仁木祐子が今回の事件の犯人である疑いはどこをどう探しても出てきそうもなかった。あの事件に手を染めていたとしたら、桜子の結婚の世話などしたがるはずもなかろう。

それ以前に祐子の人柄は、暗い犯罪とは無縁としか思えなかった。

戸口まで送ってゆくと、祐子は両手を合わせた。

「蒲生先生の連絡先のこと、わたしから聞いたって言わないでね」

「弁護士としての守秘義務がありますので、ご心配なく」

「ねぇ、ご近所なんだから、今度お遊びにいらして」

「ありがとうございます。機会がありましたら伺いますね」

祐子の家などにうっかり顔を出したら、結婚相手の候補を一ダースくらい用意しているのではないだろうか。

「ではご機嫌よう」

「中高生の頃を思い出してなつかしいわぁ。久しぶりに言ってみようかしら……ご機嫌よう」

ちょっとスカートの裾を持ち上げて会釈すると、祐子はにっこり微笑んで踵を返した。

照りつける陽差しのなかを小さくなっていく後ろ姿に、桜子はのびのびとした明るさを感じてなんだか嬉しくなった。

右手からエンジン音が轟いた。

ふと見ると、宝来公園通りの坂を中型バイクが走り去ってゆく。

排気ガスの臭いが風に乗って漂ってきた。

近くの林からクマゼミのやかましい鳴き声が響いてきた。

2

桜子は政志に《多摩川倶楽部》でランチをご馳走した。

「これは牛丼十杯分のパワーが出るランチですねぇ」

政志は豚肩肉のローストがいたくお気に召したようだった。

食後のコーヒータイムに、政志が事件の話を切り出した。

「ここんとこあまりに忙しくて話聞けませんでしたけど、今回の事件ってどんな感じなんですか」

「いろいろと不可解なことが多くて……」

桜子はいままで調べてきた内容を詳しく話して聞かせた。

「たしかに、いろいろと込み入っていますね」

政志は鼻から息を吐いた。

「わたくしは内藤さんの無実を信じているのだけれど」

「所長が言っていたように、これは桜子さんの仇討ちですからね。誤認逮捕なら是が非でも真犯人を探し出さないと」

「仇討ちなんて気持ちはないの……でも、真実を明らかにしたい気持ちはとても強い」

「頑張ってくださいね」

「でも少しずつ謎がほどけてきた気がする」

「そいつは頼もしい。なんなら僕も謎解きに加えてください」

政志はまじめな顔で言った。

桜子は茉里奈が世話になっているという《クリエイティブ・アート》にも立ち寄ってみたいと思った。

桜子はスマホで検索を掛けた。ヒットしなければ、茉里奈に電話をして尋ねるつもりだった。

だが、すぐにきれいなサイトがヒットしてくれた。

「いやぁ、久しぶりにうまい昼飯を食った」

政志はご満悦だった。

「これからわたくし銀座の《クリエイティブ・アート》に行くので、これで失礼するわ」

「僕もご一緒しましょうか」

桜子は驚いて政志の顔を見た。

「あら、珍しい」

「一人で事務所で仕事してるのが、今日はなんだか空しくなっちゃいましてね」

「具合でも悪いんじゃないの」

「本当のこと言うと《FAB-1》に乗りたいんです」

「アルナージのことだったわね」

政志はアルナージを勝手に『サンダーバード』のヒロインが乗るピンク色のロールス・ロイスになぞらえている。

「銀座までドライブに連れてってくださいよ」

「一緒に来てくれると心強いわ」

アルナージに乗り込むと、例によって政志ははしゃぎだした。

「うっわー。いつ乗ってもこのシートはすごい。ウォールナットの内装と似合いまくりだ」

「土岐さん、銀座五丁目の《クリエイティブ・アート》までお願い」

「かしこまりました。一時間を見て頂ければ」

「そう。住所はね……」

桜子は土岐に銀座五丁目の番地を告げた。

「パーカー、《クリエイティブ・アート》に行ってちょうだい」

政志は甲高いペネロープとやらの作り声で土岐に告げた。

「はい、お嬢さま」

前回と同じように土岐もパーカーになりきって答えていた。

一時間も掛からずに《クリエイティブ・アート》に到着した。

木挽町(こびきちょう)通りの裏側の七階建てビルの一階部分だった。

せていた。

《響音堂》と同じくらいの小さな店舗だったが、ガラス窓の多い造りは明るい雰囲気を漂わせていた。

引き戸を開けて店内に入ると、ノータイワイシャツ姿の四十前後の男が、作業机の上に載せた一挺のヴァイオリンをクロスで磨いていた。

「ご機嫌よう」

桜子が声を掛けると、立ち上がった男は桜子の顔をじっと見つめた。

「いらっしゃいませ……あれ、お客さま、どこかでお目に掛かりましたよね」

桜子は男の顔に見覚えがなかった。

「以前にお目に掛かったことがありましたか？」

驚いて尋ねると、男は白い歯を見せてにこっと笑った。

「ああ、思い出しました。土曜日に世田谷芸術館のコンサートにお見えでしたよね」

「まぁ、あのときに……」

「まったく大変なことになってしまって……」

「わたくし、ごあいさつしたでしょうか」

だが、もちろんこの男とあいさつを交わした覚えはなかった。

「いえ、あの会場で存在感が際立っていらっしゃったので……」

「実は浦上先生にご指導頂いていたことがありまして」

すんなりとこの言葉が出た。

「そうなんですね。あなたもヴァイオリンをお弾きになるんですね」

男の顔がぱっと明るくなった。

「もういまは滅多に手にすることもなくなってしまったのですが」

「でも、ヴァイオリン仲間ですよ」

男は嬉しそうに言った。

「今日はヴィオリストの遊佐茉里奈さんのご紹介で伺ったんです」

「そうですか、遊佐先生には大変にお世話になっているんですよ」

「とてもよい方ですね」

「僕もファンなのです……まぁ、どうぞそこへお掛けください」

男はかたわらのソファを指さした。

「あらためまして、この店のオーナーの石丸利隆（としたか）です」

名刺を差し出しながら石丸はほほえんだ。

「弁護士の一色と申します」

「あれ、弁護士の先生なんですか」

「僕は弁護士秘書の畠山です」

政志も名刺を差し出した。

パラリーガルという職種は我が国では認知度が低いために、弁護士秘書と名乗る者が少なくない。

「よろしくお願いします」

石丸は名刺を渡しながら政志にも丁重なあいさつをした。

「わたくし、内藤弘之さんの弁護人です」

石丸の顔に驚きが走った。

「まさか、内藤さんがあんなことをなさるなんてねぇ」

「こちらのお客さんなんですか」

「いえ、うちにはお見えになったことはありません。でも、狭い業界ですから」

「内藤さんは身に覚えのないことだと主張しています」

「なるほど……」

石丸は考え深げにうなった。

「今日はイタリアン・ヴァイオリンの鑑定についてお教えを請いたくて伺いました。アポイントメントも取らず申し訳ありません。ご無理なようでしたらあらためて伺います」

「いやぁ、意外と開店休業の日が多いんですよ」

石丸は頭を掻いて小さく笑って言葉を継いだ。

「僕は駆け出しの頃にヴァイオリニストとしての将来に絶望して楽器商の道へ進みました。ヴァイオリン製作者ではないので難しいメンテナンスもできませんし、中途半端な野郎ですよ」

冗談めかして石丸は眉をひょいと上げた。

「イタリアン・ヴァイオリンの贋物は存在するのでしょうか」

いきなり贋物の話を持ち出したためか、一瞬、石丸の顔が引きつった。

「イタリアンでも新作は贋物が存在しないと言っていいです。作者が存命の場合が多いですし、一人の製作者の作品がたくさん流通していますからね。また、わざわざ贋作を作るほどの価格でもありません。しかし、オールド、モダンを問わず、ヴァイオリンの古楽器には贋物は多いのです」

「やはり、そうなのですか」

石丸は静かにうなずいた。

「古楽器の価格を決める要素はたくさんあります。ひとつはクオリティです。とくに裏板の状態は重要です。裏板にはわりあい硬くて強度の高い楓材が使用されることが多いのですが、裏板に割れがあると価値が大きく下がります。しかし、それより大事なのはもちろん真贋です。いくらクオリティがよくてほぼ未使用のミントコンディションであってもニセモノでは意味がありません。残念ながら高価な製作者の作品ほどたくさんの贋物が出回っています」

「でも贋物はクオリティが劣っていたり、音が悪かったりするのではないですか」

石丸は大きく首を横に振った。

「必ずしもそうでもないのです。もちろん新作の見た目を古びさせたようなレベルの低い贋物も存在します。しかし、ベテランのプロの演奏家でも真贋の判断がつかない贋物が存在するのです」

「本当ですか！」

「贋物と言っても現代に作られたものとは限りません。かつて実際にあった話ですが、ガダニーニという十八世紀の有名作家のヴァイオリンとして鑑定された個体が、実は弟子の作品だと判明した事件がありました。この事件ではある権威あるヴァイオリニストが陰の主役でした。このヴァイオリニストは贋物であると知りながら、そのヴァイオリンに高評価を与えて自分の勤務する音楽大学に購入させて見返りを受け取っていました。後に事実は明らかになり、ヴァイオリニストは訴追されて有罪判決を受けました。このケースのように同じく十八世紀に製作され、しかも弟子の作品となると、簡単には贋物と判断できません。もちろんその弟子は贋物を作るつもりなんかなかったわけです。ちなみに、このケースでは千六百万の値段がついた個体が実は八十万円相当だったそうです」

　師匠の作と弟子の作とでは二十倍も価格に開きがあるのか。

「ちなみにマリノ・カピキオーニの唯一のお弟子さんは日本人なのです」

「そうなんですか！」

「この方のお作りになるヴァイオリンは実に素晴らしいもので、価格もかなりのものになります。ですから、もしカピキオーニの贋物があるとしても弟子の作品ではありませんね」

「古いヴァイオリンのなかから似たような個体を選ぶようなことなのでしょうか」

　石丸は静かにあごを引いた。

「それに音のよさと値段には相関関係はありますが、完全に比例するものではないのです。音色にはどこまでも主観が介在する余地があります。だからこそ、鑑定書が重要になってくるのです」

「つまりヴァイオリンの古楽器の価格は、音ではなく鑑定書が決めるわけでしょうか」

「端的に申せば、そういうことになります」

「蒲生和秀教授の鑑定書の信用はいかがでしょうか」

「もちろん超一級の信用があります」

石丸はきっぱりと断言した。

「もし、もしですよ。蒲生先生が間違えていたらどうなりますか」

石丸は一瞬黙った。

「鑑定書の基本をお話ししましょう。まず弦楽器の鑑定書を発行する上ではいかなる資格も必要ありません」

「そうなんですか」

「さらに鑑定書は鑑定者の見解を記した書類に過ぎません。つまり『これこれの理由で、わたしはこのヴァイオリンが○○だと思う』という意見を述べたものなのです。極端なことを言えば一色先生が、あるカピキオーニを真作であるとした鑑定書を発行しても問題はないわけです」

「たしかに法的には問題がなさそうですね」

意見を述べただけでは詐欺罪を構成するものではない。

「ただ、失礼ながら、一色先生の鑑定書にはまったく価値がありません」

「うふふ……あたりまえですわ」

「鑑定書の価値は、鑑定者の価値なのです。どれだけ権威のある人が書いたかが大切なわけです。蒲生先生は実力から言っても社会的地位から言っても我が国を代表するヴァイオリニストですから、先生の発行された鑑定書には一級の信用度があります」

「亡くなった浦上先生が鑑定書を発行なさったらどうでしょうか」

「残念ながら蒲生先生の鑑定書に比べると信用度はずっと低いものとなるはずです。とくに浦上先生はストラディバリウスなどのオールド・モデルは使っていらっしゃらないから、発行したとしても信用されないでしょう。もっとも、オールド、モダンを問わず僕は浦上先生が鑑定書を発行されたお話は聞いたことがありませんが」

「あくまで仮の話ですが、あるヴァイオリンの真贋が裁判で争われた場合、鑑定人として原告側が浦上先生を、被告側が蒲生先生を指定した場合、裁判の行く末はどうなると思われますか。鑑定以外の事情は考慮しないものとして……」

「原告側の敗訴は火を見るより明らかですね」

桜子の頭の中でなにかが渦巻いていた。

「しかし、鑑定者の個人的能力だけに依存していて主観的だった音の良し悪しにも、科学的なメスが入るようになってきました。たとえば、愛知淑徳大学の牧勝弘(まきかつひろ)教授と宇都宮大学の石川智治(いしかわともはる)准教授が二〇一八年に発表した『オールドバイオリンの音響的特徴の解明』という研究結果は非常に興味深いです」

「どんな研究なんですか」

「このお二人の研究者は、オールド、モダン、新作のイタリアン・ヴァイオリンをいくつか集めて、その音響空間放射特性を計測したのです。すると、ストラディバリウスはほかのヴァイオリンとは異なる共通の特徴を持つことがわかりました。また、ストラディバリウスは、七百一キロヘルツ前後の低い周波数で正面、つまり聴衆の方向への音の放射が強いことや、五十キロヘルツ前後で、弦の種類や押さえる弦のポジションに依存して放射される音の方向が大きく変化することも明らかになったのです。前者は遠くで音が大きく聞こえる特徴に合致し、後者はホール内に響く音の方向が刻々と変化する特徴に合致するそうです」

「じつにおもしろい研究ですね」

石丸はかるくほほえんであごを引いた。

「これからは科学的にヴァイオリンの真贋を判定できる世の中になってくるのではないでしょうか。そうすれば権威ある鑑定者なんてもんが必要なくなると思います」

石丸の口ぶりは鑑定者に好意的なものとは思えなかった。

科学的鑑定の研究が進んでほしいと桜子も願った。

「お忙しいところ本当にありがとうございました。とても勉強になりました」

桜子は石丸に感謝していた。いま受けたレクチャーのおかげで考えが進み始めたのは間違いない。

「いえ、たいしたことはお話しできませんでした。それより一色先生、お手持ちのヴァイオリンを一度見せて頂けませんか」

「わたくしのヴァイオリンは高価なものではありませんが」

「メンテナンスが必要な時期なんじゃないんですか？」

「たとえ安物であっても、ヴァイオリンは可愛がってほしいのです。放っておいてはかわいそうです」

「ずっと弾いていないことがバレてしまいましたね」

桜子は自分の頬が熱くなるのを感じた。

「ケースのなかで泣いていないといいんですけど」

石丸はいたずらっぽく笑った。

「なんだかうちのヴァイオリンがかわいそうになってきました」

桜子は肩をすぼめた。

「では、今度、ぜひ」

「はい、ではまたお目に掛かりましょう。ごきげんよう」

店の外へ出た桜子のこころのなかをさわやかな風が吹きぬけた。

アルナージに乗り込むや、政志が詠嘆するように言った。

「すごい人ですね」

「ヴァイオリンを心底愛していらっしゃるのよ」

「僕もそう思いました」

政志は大きくうなずいた。

三丁目に廻って《響音堂》を訪ねたが、今日は営業していないようだった。

「事務所へお戻りになりますか」

土岐が静かな声で訊いた。

「ちょっとゆっくり考え事をしてみたいの」

「僕も一緒に考えたいですね。なんだか、がぜん興味が湧いてきましたよ」

「でも、もしかすると、その後で小金井市の方向へクルマを廻してもらうかもしれない……」

「となりますと、事務所やお屋敷では南へ下りすぎてしまいますな」

「どこかいい場所はないかしら」

「井の頭公園近くに考え事をするにはちょうどいい《みどりの杜の小さな館》ってカフェがあるんです。そこへ行ってみませんか？」

政志がそんなカフェを知っているとは意外だった。

「井の頭公園ですと、小金井へ向かうルート上でございますね」

土岐もうなずいたのでそのカフェに決めた。

「パーカー、《みどりの杜の小さな館》へ行ってちょうだい」

桜子がいつもの政志の口調を真似て言うと、彼は笑い転げた。

「うわ、やっぱりリアル・ペネロープだ」

「かしこまりました、お嬢さま」

土岐も笑いを嚙み殺したような声で答えた。

政志おすすめの《みどりの杜の小さな館》は、井の頭公園通りが公園の森に入るあたりに建つ独立家屋だった。外観は別荘地のカフェそのままである。

店内に入ると、明るいインテリアが肩の凝らないカジュアルな雰囲気を醸し出していた。

春の桜の頃ならばかなり混みそうだが、中途半端な時間とあって空席が目立っていた。

桜子と政志は公園の森が見える窓辺の席に陣取った。

午後の陽差しに森の木々の葉裏が銀色にキラキラ光るのが心地よい。

「まるで軽井沢の別荘にいるみたい」

「あ、そんなもの持ってるんでしたよね。一色財閥は」

桜子はテーブルの上に、革手帳とノートパソコンを置いた。政志も記録用のノートをひろげる。

「今回の事件を整理してみたいの」

「まずは《響音堂》が一枚嚙んでいるんじゃないんですか」

「否定できないけど、最初からゆっくり考えてみましょ」

二人のディベートは小一時間も続いた。

「この線しかないと思うの」

「そうですね。しかし、とんでもない男だ」

「さっき石丸さんにお話を伺って確信できた」

完全に納得できる結論が出た。

「でも桜子さん、この推理を細川検事や警察が容易に納得するとは思えないですよ」

「そう。証拠が少なすぎる……」

「証拠は簡単には集められませんよ。警察が動いてくれれば別ですけど」

「わたくしは推理ではなく、真実だと確信しています」

「それでどうするんです」

「だから直接本人に問いただすつもりよ」

政志の顔に不安げな色が走った。

「下手をすると、脅迫とか、強要とか、住居不法侵入とか、不退去とか、威力業務妨害とかで逮捕されますよ。弁護士資格を失いかねない」

「大丈夫。ほかの可能性はないわ」

「実は僕もそう思ってます」

「では、実行あるのみよ」

二人の気分は高揚していた。

「ひとつだけ最後の確認をしておきたいの。ちょっと協力者に電話してくるね」

桜子は店のテラスに出て、勝行の携帯に電話を入れた。

「あ、桜子ちゃん、たしかに浦上紗也香が使っていた楽屋からもパリトキシンが微量だけど、検出されてる。しかもキミの言うとおり、ゴミ箱内からだ」

勝行はそれほど驚いたようすもなく言った。

「やっぱり！」

桜子は快哉の叫び声を上げた。

「だけど、たいして意味があるとは思えないな。パリトキシンは内藤の自宅にあった注射器から検出されているんだぜ。量的にもずっと多い」

「それは真犯人のお粗末な工作よ」

「なんだって」

勝行は軽い驚きの声を上げた。

「あの日、浦上先生の楽屋に、内藤さんは一度も入ってないのよ」

「へぇ、だから？」

「これは同室の二人から証言を取ったの。よしんば勘違いがあって内藤さんが浦上先生の楽屋に入ったとしてもそこにパリトキシンを持ち込む必要はないはずでしょ」

「どうしてだよ」

「犯行に使う予定の注射器に、仮にあの会場でパリトキシンを入れたとしても、わざわざ浦上先生の楽屋でそんな準備すると思う？」

「ま、そりゃそうだな」

勝行は思案しているような声を出した。

「浦上先生の楽屋からパリトキシンが微量でも検出されたと言うのなら、内藤さんでない人間の犯行に決まっているのよ」

桜子はきっぱりと言い切った。

「ずいぶんな自信だな」

「実はね、今回の事件は最初から勘違いの連続だったのよ……」

「勘違い？　なにが勘違いなんだ」

　ここでゆっくり説明している暇はない。と言うわけではないが、桜子は早く次の行動に移りたかった。

「心が決まった。やっぱり今日やらなきゃ」

「え……なにがやっぱりなんだよ」

「この後、わたくしの推理を文章にしたものをメールに添付して送るから、それを見てね」

「おい、いったいなにをするつもりなんだ」

「後で教えてあげる」

「待てよ」

　勝行のあわてたような声が響いた。

「ではご機嫌よう」

　一方的に電話を切った桜子は、胸の奥に湧き上がるものを抑えて屋内に戻り政志に向き直った。

「畠山くん、行きましょ」

「おお、いざ！」

　政志は椅子を鳴らして立ち上がった。

店の外へ出ると、夏風がふわりと桜子の頬を撫でた。

涼しげなヒグラシの声が公園の森から響く。

ヒグラシの声は今年初めて聞いたような気がした。

3

武蔵野が蒼い夕闇に包まれる頃、アルナージはＪＲ中央線東小金井駅の南側一・五キロ付近にひろがる野川左岸沿いの崖下に停まっていた。

多摩川支流の野川の流域は北側が急斜面、南側が平坦となっている独特の地形で自然が豊富に残っているエリアである。

蒲生和秀教授邸は「はけ」と呼ばれる北側崖の斜面を登り切った森の奥に建っていた。

都立武蔵野公園の北端で、東には国際基督教(キリストきょう)大学の広大なキャンパスがひろがるエリアだった。

スマホのマップで確かめると、母屋に辿り着くためには「はけの道」と呼ばれる細い公道から、さらに私道を百十メートル近く登ってゆかねばならない。

だが、クルマのすれ違えないような細い私道に、長大なアルナージを乗り入れることは遠慮すべきだった。

「土岐さんはここで待っていてちょうだい」

「ですが、お二人では、お危のうございます」

「いいえ、わたくしに考えがあります」

うやうやしく後部ドアを開けた土岐に、桜子は自分のプランを耳打ちした。

桜子と政志は、昼間の熱気の残る砂利道の坂をゆっくりと登っていった。

奥多摩方向の西空は、豊かなグラデーションに輝いている。

吹き渡る風は木々の香りを乗せて清々しく桜子の鼻腔(びこう)をくすぐった。

「新宿から二十キロもないのに、こんな素敵な景色が見られるとは思わなかったわ」

「けっこう田舎なんですね」

政志はにべもない調子で答えた。

あたりはすっかり暮れ落ちた。

砂利道を登ってゆくと、木の間から街の灯りがチラチラと見える。

街灯がなく苦労するところだったが、政志はパンツのポケットから小指くらいの黒いメタルの筒を取り出した。

かなり明るい光が砂利道を照らした。

小さいがLEDフラッシュライトだった。

「いつか、いきなり暗い夜道を歩くことになると思ってましたからね」

アルナージの停めてある崖下の道から坂道を百メートルほど登ったときのことであった。

右手の林から黒い影がびゅんと飛び出してきた。

「うおっ」

政志は泡を食ってライトを放り出した。

闇が視界をふさいだ。

「死んでしまえっ」

野太い男の声が響いた。

男の影は背中を丸めて前傾の姿勢を取ると、桜子へ向かって突進してきた。

闇の中で銀色の反射が桜子の目を射た。

両手で握っているのはナイフだった。

桜子は身体が硬直するのを抑えることができなかった。

全身の毛穴がひろがり、背中に鳥肌が立った。

「助けてっ」

叫んだが声にならない。

男の刃は一メートルほどの距離に迫った。

絶体絶命だ。

そのとき闇を蹴って長身の影が駆け寄った。

土岐だった。

「とぉーっ」

びゅんと空を切る音が冴え渡った。

バシッという打撃音に続いて、骨が砕ける不気味な音があたりに響いた。

「うわわっ」

男はナイフを放り出して地面に転がった。

土岐は手にした木刀で影の背中へ一撃を食らわした。

「痛てっ。痛いじゃねぇか」

男は地面を転げ回ってわめき散らした。

「す、すげぇ……」

いままで地に伏せて震えていた政志が立ち上がって目を剝いた。

「土岐さんは剣道六段なのよ」

見事に籠手技が決まったのだ。

「未熟な技をご覧に入れました」

土岐は木刀を手にしたまま一礼した。

「この男はまったくの素人ですね。技も法もあったものではない。このような者に打ち込むのは至って容易い話でございます」

すぐに土岐はナイロンロープを取り出して男の手と足を縛り上げてしまった。

「なにをするんだ」

「逃げ出さぬよう縛るだけだ」

土岐は強い声音で言った。

政志は転がっていたライトを拾うと、男の顔を照らし出した。

細面にめがねを光らせた顔のなかで薄い唇が悔しげに震えている。

「こいつ、いったい誰なんですか？」

「《響音堂》の尼子さんです」

「桜子さん、わかってたんですか？」

政志は素っ頓狂な声で訊いた。

うなずくと、桜子は尼子に向かって問うた。

「事務所からバイクで尾けてきたのね」

「くそっ。こんなザマになるとは……」

問いには答えず尼子は歯噛みした。

「ありがとう。襲ってきてくれたおかげで、あなたがどういう立場なのか、わたくしにはよくわかりました」

「このクソ女っ」

身体を動かそうとして尼子は叫び声を上げた。その手首はひどい状態に違いない。

「きっと襲ってくると思っていたから、土岐さんに伏兵になってもらったのよ」

「伏兵ですって？」

政志はふたたび驚きの声を上げた。

「そう、私たちを敵の目にさらしてこの人に攻撃させ、伏兵の土岐さんに効果的な反撃をさせたのよ」

「あの……桜子さん、由井正雪の子孫かなんかですか」

「ちょっと考えればわかるでしょ。敵はかよわいわたくしと頼りない畠山くんだけだと思ったから襲ってきたのよ」

「ほーなるほど」

政志は鼻から息を吐いて感心した。

まさかこれほど、図に当たるとは考えていなかった。

容易に証拠が集められないだけに、敵を挑発するしかなかった。

まずは尼子が尻尾を出してくれた。

「おまえ、俺をはめたのか……」

縛られたままで尼子は歯ぎしりした。

「はめる？　冗談言わないで。相手に隙があったら、ナイフで刺し殺してもいいって言うの？」

「余計なことしやがって。せっかく何億って儲けてたのに、おまえのせいですべておじゃんだ」

「じゃあ観念して警察にすべてを話すのね。自分が浦上先生を殺しましたって」

尼子は額に筋を立ててあわてた。

「ま、待ってくれ。俺は浦上を殺しちゃいない。あれは蒲生さんの仕業だ」

必死で尼子は弁明した。

手首の痛みも忘れたようである。

「蒲生先生みたいな偉い人がそんなことするなんて信じられないわね。あなたの仕業でしょ」

「俺じゃないっ」

「だっていま、わたくしたちを殺そうとしたでしょ」

「おまえらが俺たちの商売の邪魔をするから消そうと思っただけだ」

「まぁ、警察でもせいぜい言い訳するのね」

「信じてくれ。本当に知らないんだ。あ痛たたっ」

パトカーのサイレンが近づいて来た。

土岐が一一〇番通報をしたのだ。

「桜子さん……」

政志が桜子の耳元でささやいた。

「なぁに？」

「尼子が浦上先生を殺したって思っているんですか？　井の頭公園で言ってたことと違うじゃないですか」

「もちろん幇助(ほうじょ)犯よ。尼子は蒲生の指示でヴァイオリンを引き取りに行ったときに、内藤さんのサニタリーのランドリーチェストに注射器を仕込んだだけよ」

「じゃあなんでいまみたいなことを？」

「仲間割れしてくれたほうが、二人ともいろいろと喋るでしょうから。真実がそれだけ早く明らかになるわ」

「桜子さん……」

「なに？」

「こんなに腹黒い人だと思っていませんでした……」

「それは褒め言葉じゃないわね」

「もちろん」

政志はくっくっと笑った。

今回のケースでは、尼子を負傷させたときの行為には刑法三六条に定める正当防衛が成立すると思われる。

刑法上の正当防衛は一般的に「武器対等の原則」が適用される。大雑把（おおざっぱ）に言うと素手には素手で、また、凶器には凶器で立ち向かえば、正当防衛の成立が認められるのである。

今回のケースでは相手がナイフを用いたのに対して土岐は木刀を使用しているのでこの原則を逸脱していないと考えられる。

この騒ぎを崖上の蒲生邸では気づいているのだろうか。もちろん蒲生教授が見に来るはずはなかった。

「後は土岐さんと警察に任せて、わたくしたちは本丸を攻めに行きますよ」

「合点承知の助っ」

政志はフラッシュライト片手に小走りに駆け出した。

桜子は苦笑しながら後を追った。

斜面を登り切ったあたりに、一色邸よりも大きな敷地を持っているような邸宅が見えてきた。

「わぁ、こりゃあすごい家だ！」

政志は大げさな声を上げて驚いた。

門扉は開かれていたので、石畳の道をファサードへとまっすぐに進む。

両側はきれいに手入れされた芝生が青々と茂っていた。

一色邸とは異なり、レンガを積んだ明治期風の重厚な洋風の母屋が堂々とした姿を現した。

玄関の開口部も樫(かし)材かなにかの分厚い木扉で威圧的な雰囲気を持っていた。

当然ながら警備会社のセキュリティシステムが導入され、監視カメラがいくつも設けられている。

いよいよ本丸を攻め落とすときが来た。

桜子は気合いを入れて、インターフォンのボタンを押した。

「どなた？」

老女のか細い声が聞こえた。

「わたくし弁護士の一色と申します。突然、お邪魔して申し訳ございません。浦上紗也香さんの事件を担当しております。蒲生先生にちょっとだけお話を伺いたくてお伺いしました」

しばらく沈黙が続いたが、やがてインターフォンから老女の声が聞こえた。

「どうぞ、玄関までお進みください」

上品な老女が扉を開けた。

「いらっしゃいまし」

たたずまいからしてこの家のハウスキーパーの女性だろう。もっとも「ばあや」という呼称が似つかわしい。

広々とした大理石の三和土(たたき)で靴を脱いで板張りの床に上がると、廊下の奥からポロシャツにゴルフズボン姿の男が長身の身体を運んできた。

紛れもなく蒲生和秀だった。

「いや、突然のご来訪で驚いております」

「夜分に押しかけまして申し訳ありません」

「弁護士秘書の畠山です。どうぞよろしく」

蒲生は政志と名刺を交換すると、ちょっと背後を振り返ってから言った。

「今日はあのばあさんを除いてほかの雇い人が休みでしてね。取り散らかしておりますが、まぁどうぞ」

掌で指し示された方向へ廊下を進むと、突き当たりに応接室らしい扉があって、先ほどの老女が手を添えて開けていた。

こちらも木扉だが、玄関とは違って瀟洒(しょうしゃ)な造りである。

組み天井にゴブラン織のカーテン、ベルベットのソファと、戦前の高級住宅によく見られるインテリアだった。

腰が埋もれそうなソファに腰掛けると、蒲生教授も対面に座った。

奥の壁には三メートルもありそうなカジキマグロの剝製(はくせい)が青々と光っていた。

「先生はマリンレジャーがお好きだそうですね。仁木祐子さんから伺いました」

「そうだね。高校生の頃からディンギーには乗っているからね。もっとも最近は海に出かける時間もないが……」

「葉山の別荘にはあまりお出かけにならないのですね」

「仁木くんはおしゃべりだな。僕の別荘まで教えたのか」

蒲生は冗談めかして唇を突き出した。

「では、釣りなどはあまり？」

「そうだね、いまはあまり……で、今日、お見えになったご用件はなんだろうか」

蒲生の全身から警戒音が鳴っているような錯覚を感じた。

《響音堂》さんに依頼されてヴァイオリンの鑑定書をお書きになったことはございますか」

「唐突だね。そう、たしかに書いたこともあるね」

意外と素直に蒲生は認めた。

「では《カピキオーニ》の鑑定書もお書きになりましたか」

「さて、どうだったか……わたしはおもにオールド・イタリアンを使っているので、モダンにはあまり注意を払っていないが、書いたことがあるかもしれん」

蒲生がなにか言いかけたときに、老女がしずくのいっぱいついたビール瓶と三個のグラス、肴のチーズを運んできてテーブルに置いた。

「ビールくらいいいでしょう」

蒲生は瓶を傾けて言った。

「はい、頂きます」

桜子も政志もグラスを手に取った。

緊張を隠していたが、桜子は喉がカラカラになっていた。渇きを癒やしてくれるビールは正直言って美味しかった。

「内藤さんが《カピキオーニ》をあちらのお店から購入されたことはご存じですか」

「さぁね。内藤くんがどこの店でどんな楽器を買ったかなどは、それこそわたしの関心外だよ」

蒲生は鼻の先にしわを寄せて笑った。

「でも、蒲生先生のご紹介というお話でしたが」

「紹介などしていないよ」

「カピキオーニの話を先生から伺ったと話していました」

「ああ、そうそう。思い出した。あの店にカピキオーニが入ったらしいという話をしただけだ」

「蒲生先生が鑑定書をお書きになる予定だったのではないですか」

「いや、そんな話は記憶にないな」

「ところで、カピキオーニの贋物ってこの世に存在するんでしょうか」

「オールドだってモダンだって、著名な製作者名義の古楽器には必ず贋物が存在するよ」

蒲生の顔色は変わらなかった。

「では、真贋の見極めはとても大切なことですよね」

「むろんのことだ。いくらクオリティがよくともニセモノでは意味がない」

「その真贋を決めるのは、先生のような一流の演奏家の鑑定眼だけなのでしょうね」

「いや、それは世の中全体さ。贋物はしょせん贋物だ」

蒲生は低く笑った。

「でも区別のつかない優秀な贋物もあるそうですよ。かつて一流のヴァイオリニストが八十万円のガダニーニの弟子の作品を、千六百万円のガダニーニ作品と偽った鑑定に好評価を与えた事件がありましたよね」

蒲生は天井に顔を向けて笑った。

「ははははは、なにを言い出すかと思えば、そんな昔話を……あれはもう四十年近い過去の話だ。わたしが学生時代のことだよ。当節、そんな無茶をやる人間はいないさ」

「本当にそうでしょうか」

「君は酒には弱いのかな？」

蒲生は口もとに笑みを浮かべて言った。

「いえ、見かけによらず強いです」

政志がおもしろそうに答えた。

ビールの一本や二本で酔う桜子ではない。

「では、なぜそんな荒唐無稽な話を持ち出すんだ」

いくらか尖った声で蒲生は訊いた。

「あなたが贋作を真作として鑑定した可能性を疑っているのです」

「わたしは決してそんなミスはしないよ」

「ミスではなく、故意の話をしています」

この桜子の言葉に、蒲生の顔色がはっきりと変わった。

「失敬なことを言うな」

蒲生は声を荒らげた。

「内藤さんも贋物を摑まされた。それは内藤さんや遊佐さんのようなプロの演奏家でもわからないようなよくできたヴァイオリンだった。内藤さんは鑑定書は後回しでいいと言ったけれど、ふだんからあなたは贋物を真作として鑑定してきた」

「わたしを侮辱するのもいい加減にしたまえ」

蒲生は真っ青な顔になって身体を震わせた。

「おそらくあなたのそうした鑑定のごまかしは多々あったのでしょう。そんな怪しげな品を仕入れてくるのは《響音堂》の尼子さんだったのではないですか。二人で多くの贋物ヴァイオリンを真作として世の中に流していたのでしょう。でも、弦楽器界でも最高の権威を持つあなたの鑑定には絶対の信頼があった。プロの演奏家も、ヴァイオリン製作者も、楽器商も蒲生和秀教授の鑑定を疑う者などいなかった。いや、きっと怪しいと思う人はいたに違いありません。でも、天下の蒲生和秀の鑑定に横槍を入れるのはとても勇気の要ることでしょう。怪しさに気づいた人間たちもそろって沈黙した」

「なにを馬鹿なことを……」

蒲生の身体は大きく震えていた。

だが、その震えは、怒りより恐怖のほうが大きいためのものだと桜子は見切っていた。

腹の底から怒っているのは桜子のほうだった。

「でも、ただ一人黙っていられない人間がいた。それが浦上紗也香さんです。浦上さんには内藤さんの買おうとしているカピキオーニが贋物だとわかった。だから内藤さんには購入しないように忠告し、あなたにはそんな不正な鑑定をやめるように諫めた。やめないのであれば告発するとさえ言ったのではないですか。浦上さんが不正を公表したら、さすがにきちんとした再鑑定がなされたはずです。そうなればあなたは破滅するはずだった。だから浦上さんに毒を与えた」

桜子は堂々と言い放った。

「おまえは自分がなにを言ってるのかわかっているのか」

立ち上がった蒲生はテーブルの上のビール瓶を壁に向かって激しい勢いで投げつけた。

ビール瓶は四散し、かけらのひとつが桜子の顔先を飛んでいった。

「帰れっ、今すぐ目の前から消えろっ」

蒲生は文字通り地団駄を踏んだ。

床を踏みならす音がどしんどしんと響いた。

「サイレンの音を聴いたでしょ？」

ハッとした顔で蒲生は立ちすくんだ。

「この下の坂道で、尼子さんがわたくしたちをナイフで襲いました。あなたと組んだ卑劣な悪だくみをわたくしたちに暴かれるのが怖かったからです」

蒲生の両眼から炎が噴き出した。

わずかに動いた唇が急に止まった。

蒲生は黙って桜子の瞳を見据えた。

胸の内に激しく湧き上がる感情を、蒲生は懸命に抑えつけているように感じた。

沈黙が続いた。

どこかから時計の針が時を刻む音が聞こえてきた。

蒲生の唇が大きく歪んだ。

「あの馬鹿者め」

蒲生の顔にどす黒い怒りが現れた。しかしそれは桜子に対するものではなかった。

「あなたの指示でわたくしたちを襲わせたのではないのですか」

「自分の屋敷のすぐ近くでそんなことを指示する人間がいるわけないだろう。あの男は本当に愚かだ」

「尼子さんは、わたくしたちを殺して口封じができると信じていたのでしょうね」

「あんな男の誘いに乗ったわたしが愚かだった……」

蒲生は両膝を床についてその場にうずくまった。

「観念なさい。もうすぐ警察がここへ来るわ」

いきなり蒲生は立ち上がった。

桜子も政志も一瞬、身体をすくめた。

「はははははっ」

はじけたように蒲生は笑い続ける。

「なにを笑うのです」

「これが笑わずに済むか。わたしは尼子などよりもっとずっと愚かな男だ」

「あなたが？」

「君はひとつだけ間違っているよ」

「なにが間違っているというのですか」

「わたしが真作と鑑定したヴァイオリンを贋物だと聴き分けられる人間などいないということをわかっていない」

「どういう意味です」

「浦上くんがカピキオーニで録音した『カプリース』を、君はわたしに聴かせたね」

「はい、あのCD－Rは、蒲生さんを告発するための証拠だったのです」

「青二才の内藤はもちろんだが、遊佐くんも二つの楽器の優劣がわからないと言ったそうだね」

「はい、そう言っていました」

「なぜわからんのだ。あんなに違う音を」

蒲生は激しい口調で言葉を継いだ。

「最初の演奏はおそらく浦上くんが所有していた真作のカピキオーニによるものだろう。二番目の演奏は尼子が内藤に売りつけようとしていたものだ。二番目の音はあんなにぼやけているじゃないか。あれはカピキオーニから破門されたある弟子が作ったヴァイオリンと推定されるんだ」

「なんてこと！」

「あの音の違いを聴き分けられる者は、世界でも十人ほどしかいないだろう。いま、それがはっきりとわかった」

「本当ですか」

「ああ、少なくともわたしのまわりでは、わたしと浦上くんしかいなかったはずだ」

「それでは、裁判でも真贋は判定できないかもしれないのですね」

「そのとおりだよ。仮に浦上くんがわたしを訴えたとしても、誰もわたしの罪を指弾できないのだ。あの優秀な遊佐くんにさえわからなかったのだからな」

「まさかそんな……」

「わたしは浦上くんの言うことなど一切無視していればよかっただけなんだ。それをなんという愚かなことをしてしまったんだ……」

蒲生はふたたび床に膝をついて頭を抱えた。

ドアチャイムが鳴った。

しばらくすると、老女が二人の白いワイシャツ姿の中年男性を連れて現れた。

目つきの鋭い男たちだった。

桜子には何者なのかがすぐにわかった。

蒲生はぼんやりとした目で男たちを見た。

「警視庁の者ですが、ちょっとお話を伺いたいのでご同行頂けますか」

いくらか若い男が丁寧な口調で告げた。

「手回しのよいことだな」

意外にも蒲生は平静な声で答えた。

「お支度をなさってください。ここで待たせて頂く」

年上の男が威圧的な調子で言った。

「ああ、ちょっと待っておれ」

蒲生は立ち上がった。

「わたくしたちはもうおいとまします」

桜子も立ち上がると、刑事たちに声を掛けた。

「一色先生でいらっしゃいますね」

「細川検事から連絡を受けています。下で起きた事件のことでお話を伺いたいので、小金井署へご足労頂きたいのですが」

「わかりました。すぐに行きます」

「お疲れさまでした」

二人の刑事はそろって身体を折った。

桜子は踵を返して玄関へと早足で歩き去った。

後ろでオロオロしている老女が気の毒だった。

石畳を門へ向けて歩きながら、桜子は隣の政志に声を掛けた。

「後は警察に任せましょ」

「桜子さんって、思ってたよりずっと男前っすねぇ」

門に辿り着くまでの間、政志は何度かうなり声を上げていた。

「それ褒め言葉？」

「もちろん」

蒲生邸を退出してから二時間経って、桜子と政志、土岐は警視庁小金井警察署にいた。

尼子の件で捜査官の取調を受けなければならなかったからである。

すでに尼子はこの警察署内に身柄を勾留されていた。

夜に入っても意外と騒々しいロビーでベンチに座っていると、勝行が姿を現した。

「あら、こんばんは。来てくれて嬉しいわ」

「嬉しいわじゃないだろ。危ないことしないでくれよ」

勝行は額に筋を立てた。

「まぁそんなに興奮しないで、コーヒーでも飲まない？」

政志が気を利かせてカップコーヒーを二つ買ってきてくれた。

ベンチの横に座った勝行はコーヒーを口にしながら口火を切った。

「機捜と小金井署から俺のところに連絡が入ったんだ。小金井市内でキミが襲われたって言うじゃないか。寿命が縮まったよ」

「心配してくれてありがとう」

「キミが送ってくれたファイルを読んだ。まさかと思っていたが尼子が尻尾を出したな」

「それが狙いだったの。わたくしが日芸大に蒲生教授を訪ねたときに電話が掛かってきたの。その直前にわたくしは《響音堂》を訪ねてちょっとカマを掛けておいたから、間違いなく尼子さんからだったのよ。二人はわたくしが悪だくみに気づいたと知って対策を相談していたに違いない」

「だが、尼子が暴走してしまったのだな」

「そう。あの人は一見、冷静沈着そうでもとても臆病な人だったのね」

「しかし、キミの推理には驚いた。まさか非侵襲式注射器も、タイマーも蒲生の小細工だったとはなぁ」

「わたくしもなかなか気づけなかった」

「あの日、楽屋入りした蒲生和秀が、浦上紗也香の使い捨てコンタクトレンズのパッケージ内にパリトキシンを注入した。細い注射器を使えば簡単にできるからね。これにはまったく気づかなかった」

「使い捨てコンタクトレンズはソフトコンタクトだから製品によっては五十パーセント以上の含水率を持っている。しばらく時間が経てばパリトキシンはレンズに吸収されてゆく。浦上先生は眼球の粘膜から毒を摂取させられたのよ」

「キミが楽屋に行ったときにはテーブルの上に置いてあった使い捨てコンタクトの二つのパッケージを鑑識は発見できなかった。ところが、テーブル上とゴミ箱からパリトキシンが検出された。テーブル上のものはパッケージに毒を注入したときに飛び散ったものだろう。ゴミ箱のほうは浦上紗也香がコンタクトレンズを装着後、パッケージを捨てた際に付着したものだ。パッケージ自体は後で蒲生が回収したんだ」

「そう、注入したのはアレンジフラワーを持って来たとき。同行した仁木祐子さんはすごいおしゃべりだから、浦上先生と仁木さんが話している隙を狙ったのでしょう。回収したのは第一部が終わって第二部が始まる前よ。楽器を置きに楽屋へ戻ったときにゴミ箱をあさったのよ」

「楽屋の鍵はどうしたのかな？」

「世田谷芸術館は、蒲生教授が何度も使っているホールだから、事前にコピーを作っておいた可能性があるわ。蒲生教授は葉山にモータークルーザーも持っているし、三宅島あたりまで下れば、アオブダイもソウシハギも獲れるでしょ？」

「そうだな。最近は横浜でも獲れるくらいだからね。ま、これから締め上げれば必ずゲロするさ」

勝行は鼻をうごめかした。

「動機は納得してくれたでしょ」

「ああ、この動機は内藤の動機とされていた口論より何倍も強固で明確なものだ。浦上を殺さなければヤツが破滅したわけだからね」

「ようやく浦上先生のお気持ちがわかったの。先生は蒲生教授が尼子さんと組んで贋物のヴァイオリンを真作と称して偽の鑑定書をつけて売りさばいていることを知った。さっき尼子さんが言っていたけど何億円も儲けていたらしい。もちろん、許されることではない。だから、蒲生教授を告発しようと考えた。しかし、それはクラシック界の汚点を世間に広め、蒲生教授のたくさんの弟子たちを貶め苦しめることにつながる。自分の恩師が音楽家として最低の犯罪に手を染めていると知った弟子たちはどうなるでしょう」

「蒲生の悪行が世間に広まれば、演奏家としての活動にも支障を来すよね」

「だから、大変に悩んでいた。浦上先生がわたくしに相談したかったのは、告発すべきかどうかだったのよ」

「そんなに悩んでいたのに、内藤がくだんの贋物ヴァイオリンを購入した」

「そう。せめて、自分の弟子である内藤さんだけには贋物カピキオーニを手にしてほしくなかった。でも、内藤さんにも贋物だとは言えなかった。内藤さんは真作と信じて購入した」

「購入に急に反対したっていうのは、自分で弾いてみて贋物とわかったからなんだな」

「そのとおりよ。でも、内藤さんにはわからなかった。さっき蒲生教授は二つの個体の優劣がわかる人間は世界に十人くらいしかいないんじゃないかと言っていた」

「それで一所懸命に買うなと忠告したのに、母への想いもあって、内藤はカピキオーニを手に入れて有頂天になっていたというわけか」

「そのいらだちを隠せなかったのよ。浦上先生はおおらかなやさしいお人柄だったけど、音楽には厳しかった」

——わたしはのびのびした音色が好きなの。でもね、心に蔭があると絶対にそういった音色は生み出せない。その曲を愛していて精いっぱい練習しないと人の心に伝わる音楽は生み出せない。嘘はダメ。演奏を必ず濁らせる。かたちだけいくら整っていてもそれは本当の音楽ではない。わたしはね、演奏する人も聴く人も心から幸せになれるような音楽を愛したいの。

　桜子は中学生の頃に紗也香から聞いた言葉を嚙みしめていた。

「ところで、今夜じゅうに内藤さんを釈放してね」

「明日の朝まで待ってくれないか。蒲生の容疑をもう少しきちんと固めなきゃいけない」

「わかった。後で接見に行く。でも、何があっても絶対に明日の朝よ」

　桜子の強い口調に勝行はひるんだ。

「それにしても……」

　勝行はほっと息をついて言葉を継いだ。

「尼子に自分を襲撃させたり、蒲生に無茶な脅しを掛けたり、今回のキミはいつもの桜子ちゃんらしくない」

「紗也香先生の仇討ちだもん」

「なんだって？」

「冗談よ。本当はね、明日のお通夜までに内藤さんを釈放させたかったのよ」

「そういうことだったのか……」

「だって、わたくしたちきょうだい弟子なのよ」

「なるほど……」

勝行は珍しく神妙な顔を見せている。

「いずれにしても、キミのおかげで誤った起訴を防げた。こころから感謝している」

ゆっくりと勝行は頭を下げた。

「あなたのために頑張ったわけじゃないよ」

「あ、かわいくねぇ」

勝行は唇を尖らせた。

「でも、わたくしのお願いを聞いてくださってありがとう」

桜子も頭を下げた。

「お互い礼儀正しいということで本日は一件落着だな。一緒に飯食いに行くか」

「なに言ってるの。あなたはこれから仕事が山のようにあるでしょ」

「そうだった。まずは疎明資料作らなきゃな」

「わたくしも朗報を内藤さんに伝えに行きます」

肉体は疲れていたが、桜子のこころは一種の安堵感に包まれていた。

やはり今回の件は、自分にとって仇討ちだったのだろう。

桜子はそう思っていた。

中央線の電車が高架線を走る音が大きく響いていた。

4

浦上紗也香の前夜式は、砧のプロテスタント教会でしめやかに執り行われた。

彼女は教会信徒だったのだ。

棺のなかの紗也香は口もとにわずかな笑みを浮かべ、寝ているようなきれいで安らかな死に顔を見せていた。

桜子はいまにも起き上がって、『桜子ちゃん、相談する前にぜんぶ解決してくれちゃったのね』と呼びかけてきそうな気がしてならなかった。

残されたただ一人の親族であり、喪主である紗也香の妹、絵智香は姉に似た色白で顔立ちの整った女性だった。横浜市内でソーシャルワーカーとして働いているそうだ。

「一色先生のお話は姉からよく聞いておりました。こんなかたちでなくもっと早くお目に掛かれていたらと思います」

絵智香は両目に涙をにじませた。

「時々、紗也香先生を偲ぶ会をやりたいですね」

「ええ……ぜひ……」

式場には内藤はもちろん、茉里奈も逸見も祐子も来ていた。

黒い略礼服姿の内藤が身体を折って深々と低頭した。

「一色先生、なんとお礼を言っていいのか……」

「あなたが釈放されて本当に嬉しいです。弁護士をしていてよかったと思いました」

「せ、先生……」

内藤は瞳を潤ませて声を震わせた。

「わたくしにはわかったのです。浦上先生の本当のお気持ちが」

「どうかお教えください」

「先生はあなたの大切なものを守りたかったのです。贋物に満足するあなたはいずれダメになる。だからあなたを叱ったのです。そして、音楽の純粋さを守りたかったのです」

「浦上先生……僕は本当に未熟者です。どうかお許しください」

内藤は喉を詰まらせた。

牧師の執り行う儀式が終了した後に、絵智香があいさつに立った。

「皆さま、本日はお忙しいところご会葬頂き、まことにありがとうございました。姉は予期せぬ不幸に襲われ、四十二の若さで主に召されました。ですが、姉の人生を懸けた音楽はこれからも残ってゆきます。おかげさまで追悼版として新たなCDも発売されることが決まりました。姉の最後の録音であるパガニーニの『カプリース』二十四番も収録される予定です」

会葬者から静かな拍手が生まれた。

「姉はまた後進の指導に情熱を注いでおりました。本日は姉の最愛の弟子であるヴァイオリニストの小早川弘之さんに『カプリース』の追悼演奏をお願いできることになりました。どうぞよろしくお願い致します」

絵智香があいさつを終えた。内藤はヴァイオリンと弓を手にして棺に向かって深く一礼した。

ヴァイオリンを構えた内藤を、すべての会葬者たちが異様なまでの集中力で見つめた。

最初の一音が聖堂に鳴り響いた。

紗也香の録音よりもわずかに速いテンポで第一主題が奏でられる。

眉間にしわを寄せた内藤は、複雑な変奏部分へと移ってゆく。

アルペジョ、オクターヴ奏法、左手ピチカートと内藤は次々に技巧を展開してゆく。それも鼻歌を歌うような気楽さで弾き続けている。

(紗也香先生の『カプリース』だ)

まるで紗也香の霊が内藤のかたわらに座って聴き入っているような錯覚を桜子は感じた。

紗也香は内藤の演奏に満足げにうなずいている。

やがて終曲が近づくと、紗也香の霊は宙を舞い、天空へ向かって羽ばたき始める。

紗也香の一期の『カプリース』は、桜子のこころに深く染み入って離れてくれそうになかった。

音楽。神の素晴らしい贈り物に殉じたひとつの清らかな魂に桜子は永久の別れを告げた。

法律監修：弁護士　鈴木ゆりか（三田国際法律事務所代表弁護士）

この作品は書き下ろしです。

幻冬舎文庫

幻冬舎文庫

●好評既刊
M 愛すべき人がいて
小松成美

博多から上京したあゆを変えたのは、あるプロデューサーとの出会いだった。やがて愛し合う二人は、〝浜崎あゆみ〟を瞬く間にスターダムに伸し上げる。しかし、それは別れの始まりでもあった。

●好評既刊
わたしたちは銀のフォークと薬を手にして
島本理生

江の島の生しらす、御堂筋のホルモン、自宅での蟹鍋……。OLの知世と年上の椎名さんは、美味しいものを一緒に食べるだけの関係だったが、ある日、彼が抱える秘密を打ち明けられて……。

●好評既刊
紅い砂
高嶋哲夫

腐敗した中米の小国コルドバの再建へ米国が秘密裏に動き出す。指揮を取る元米国陸軍大尉ジャディスは、降りかかる試練を乗り越えることができるのか。ノンストップ・エンターテインメント！

●好評既刊
泣くな研修医
中山祐次郎

雨野隆治は25歳、研修医。初めての当直、初めての手術、初めてのお看取り。自分の無力さに打ちのめされながら、懸命に命と向き合う姿を、現役外科医が圧倒的なリアリティで描く感動のドラマ。

●好評既刊
逃げるな新人外科医
泣くな研修医2
中山祐次郎

「俺、こんなに下手なのにメスを握っている。命を託されている」――重圧につぶされそうになりながら、ガムシャラに命と向き合う新人外科医の成長を、現役外科医がリアルに描くシリーズ第二弾。

令嬢弁護士桜子(れいじょうべんごしさくらこ)

チェリー・カプリース

鳴神響一(なるかみきょういち)

令和2年6月15日　初版発行

発行人――石原正康
編集人――高部真人
発行所――株式会社幻冬舎
〒151-0051東京都渋谷区千駄ヶ谷4-9-7
電話　03(5411)6222(営業)
　　　03(5411)6211(編集)
　　振替00120-8-767643
印刷・製本―株式会社　光邦
装丁者――高橋雅之

幻冬舎文庫

ISBN978-4-344-42992-5　C0193　な-42-5

幻冬舎ホームページアドレス　https://www.gentosha.co.jp/
この本に関するご意見・ご感想をメールでお寄せいただく場合は、
comment@gentosha.co.jpまで。